俺は知らないうちに「学校一の美少女」を
口説いていたらしい
～バイト先の相談相手に俺の想い人の
話をすると彼女はなぜか照れ始める～
「嫌なら別にいいんだけどさ。
今度、一緒に出かけないか？」
斎藤はピンと来ていないらしく、
愛らしい瞳をきょとんとしたまま
首を傾げ続ける。
「だから、デートしないかって
意味で誘ったんだけど」
口にして自分の顔が熱くなるのを
感じると同時に、
斎藤もほんのりと頬を赤らめて、
驚いたように目を丸くした。
「い、嫌じゃありません！
行きます！
絶対行きます！」
俺の言葉に慌てたように
ぐいっと顔を近づけて、
どこか真剣な表情で強く言ってくる。
さらには俺の腕まで掴んでくる始末。

「はぁ」
斎藤が目を覚まさないように
こっそりため息をつく。
頬杖をついて、
改めて斎藤の寝顔を見つめる。
いつもの張り詰めた
凛とした表情はそこになく、
安らかな寝息と共に年より幾分か
あどけない顔がそこにある。
（ほんと、綺麗だよな）
とりあえず冷えないように
肩に毛布を掛けると、
僅かに口元を緩め身をよじる斎藤。
さらりと黒髪が顔側へ垂れた。
（まったく。
幸せそうに寝やがって）

顔を隠した髪を優しく払う。
すると、無意識だろうが、
擦り付けるように俺の人差し指に
頬ずりしてきた。
「っ」
ふにゅり。しっとりと餅のような
柔らかさが指先から伝わる。
（お、おお）
流石にこれ以上は起きる、
そう思ったところで指を止める。
幸い斎藤に目覚める気配はまったくない。
むしろさらに眠りが
深くなったようにさえ見える。
無防備すぎるだろ。

「こ、これ、貰ってくれますか？」
震えて上擦った声。
上目遣いにこちらを窺うので、
潤んで揺れる黒の瞳と目が合う。
不安げに眉をへにゃりと下げ、
きゅっと口元を
結んでいるのが目に入った。

俺は知らないうちに学校一の美少女を口説いていたらしい 4

～バイト先の相談相手に俺の想い人の話をすると彼女はなぜか照れ始める～

午前の緑茶

HJ文庫
1036

口絵・本文イラスト　葛坊煽

Ore ha Siranaiuchi ni
Gakkou Ichi no Bishoujo wo
Kudoite ita rasii

第一章 デート準備編

斎藤《さいとう》と手を繋《つな》いだ。未《いま》だにあの時は夢じゃないかと勘違《かんちが》いしそうになるが、まぎれもない事実。手に残る感触《かんしょく》が夢ではなかったことを告げている。

無事、好きな人である斎藤と手を繋ぐことに成功し、満足した結果を得ることが出来たので、相談にのってくれたバイト先の彼女《かのじょ》に報告することにした。ここまで色々話を聞いてくれたのだから報告するのが礼儀《れいぎ》というものだろう。

バイトが終わり、着替《きが》えを終えたところで柊《ひいらぎ》さんに話しかけに行く。柊さんはコートを羽織り、肩《かた》を窄《すぼ》めて寒そうにマフラーに顔を埋《うず》めていた。

「柊さん、お疲《つか》れ様《さま》です」

「お疲れ様です。随分《ずいぶん》とテンションが高いですね？　良いことでもあったんですか？」

声をかけると、柊さんはどこか楽しそうに微笑《ほほえ》んで首を傾《かし》げた。普段《ふだん》の冷めた感じとは違《ちが》い少し明るい。どうやら珍《めずら》しく機嫌《きげん》がいいらしい。いつもより話しやすさを感じながら相談の礼を述べる。

「実はとうとう好きな人と手を繋ぐことに成功したんですよ。色々相談にのってくださってありがとうございました」

「上手《うま》くいったなら良かったです。それでどうでした？　手を繋いでみて」

相変わらず恋愛《れんあい》相談には食いつきがいい。一見恋愛とか興味なさそうな感じがするが、そこは女子ということなのだろう。目を輝《かがや》かせて興味津々《きょうみしんしん》といった様子で尋《たず》ねてくる。

「なんていうか……色々でした」

「色々？」

「もちろん、上手くいって好きな人と手を繋げたことは嬉《うれ》しかったんですけど、やっぱり緊張《きんちょう》はしますし、いつも以上に近いので意識してドキドキもしました。もう、ほんと、手を繋いだ時は頭の中は真っ白になってました」

「そんなに焦《あせ》っちゃうほど彼女さんのこと意識していたんですか？」

からかうような口調でクスッと微笑んでくる。小悪魔《こあくま》っぽいいたずらな笑《え》みに少し恥《は》ずかしくなり、顔が熱くなる。上手い言い返し方が思いつかず、しどろもどろになりながらつい認めてしまった。

「それは……まあ。あ、でも繋いだ手の感触は凄《すご》く覚えてます。自分の手とは違ってやっぱり女の子なんだなって。ほんと、また繋ぎたいです」

「そ、そうですか」

つい先日のことなので、繋いだときのことを思い出しながら感想を述べると、柊さんは少しだけ気まずそうに声を上擦《うわず》らせる。そのまま肩を竦《すく》めて小さくなり、居心地《いごこち》の悪そうにもじもじと体を動かす。

「実は、当初は普通《ふつう》に手を繋ぐだけの予定だったんですけど、つい勢い余って恋人繋《こいびと》ぎしちゃったんですよ。失敗した、って思ったら、彼女の方も嬉しそうだったので、何かきっかけがあればこれからはもっと積極的にいきたいと思います。また手を繋ぎたいですし」

「も、もっと積極的ですか⁉　さすがに、今回以上は……」

柊さん的には今回で終わると思っていたらしい。まあ、元々異性に対して積極的に動こうとは思わないので、好きな人相手でなければやらないだろう。

よほど意外だったようで、驚《おどろ》いたように少し大きな声を上げる柊さん。くりくりとした可愛《かわい》らしい瞳《ひとみ》がレンズ越《ご》しに大きく見開かれているのが見えた。

「いやいや。もちろん、節度のある接し方はしますけれど、もっと彼女には自分のことを意識してほしいですからより一層積極的に攻《せ》めていくつもりです」

「た、確かに前にも同じようなこと言ってましたもんね……でも手は繋いだわけですし、これ以上一体何をするつもりですか……？」

ちらっと様子を窺《うかが》うように上目遣《うわめづか》いに見つめてくる。

「それは……まだ決めてないです」

「そうですか……。じゃあ、何をするか決めたら私に相談してください」

「いいですけど、なんでですか？」

「ほ、ほら、もしかしたら相手の彼女さんにとって不快な接し方をしてしまうかもしれないじゃないですか。もし田中《たなか》くんがそういう接し方をしようとしても、女性目線からの方が不快かどうか判断出来ますし」

あせあせとせわしなく動いて早口で捲《まく》し立てる柊さん。なぜそんなに焦っているのか分からないが、理由自体は納得《なっとく》出来る。

「ああ、なるほど。じゃあ次何をするか決めた時は相談にのってください。次も絶対意識させて照れさせたいですし。出来れば柊さんがドキドキするようなこととか教えてもらえると助かります」

「わ、分かりました」

緊張しているのか声を上擦らせて、視線を左右に揺《ゆ》らしながらこくんと頷《うなず》く。おそらく、また乙女心《おとめごころ》を赤裸々《せきらら》に聞かれるかもしれないと思って恥ずかしがっているのだろう。ほんのりと頬《ほお》を赤らめて少しだけ顔を隠《かく》すように俯《うつむ》いてしまった。

こうして手を繋いでいる時に思ったことを話していくと、だんだんとさらに色々なことが思い出されていく。ふと、帰り道の彼女の猫真似《ねこまね》のことを思い出した。

「あ、そういえば、手繋ぎを成功した後はそのまま手を繋ぎながら帰ったんですけど、その時面白《おもしろ》いことがあったんですよ」

「面白いことですか？」

愛らしい瞳をきょとんと丸くして、不思議そうに首を傾げる。

手を繋いで帰った帰り道、たまたま野良猫《のらねこ》が道端《みちばた》でお昼寝《ひるね》をしていた。猫好きの斎藤がもちろん見逃《みのが》すわけもなく、一緒《いっしょ》に近づいたのだが、そこで斎藤は「にゃー」と猫真似をし始めたのだ。真剣《しんけん》に猫とコミュニケーションを取ろうとしていたあの時の斎藤は可愛かった。

「ええ、帰っている途中《とちゅう》に猫がいたんですけど、彼女猫が好きらしくて駆《か》け寄って行ったんですよね」

「それで？」

「猫の正面で屈《かが》んで見つめ合ったかと思ったら、急ににゃーって言って猫と話そうとし始めたんですよ。普通、猫の声真似なんてしてします？」

「!?　し、しますよ！　多分！」

あのときのことを思い出して笑うと、柊さんは少し噛《か》みながら、やたらと必死に強く言ってきた。あれは斎藤だけがやっていることなのかと思っていたが、もしかして猫好きならよくあることなのだろうか？　俺《おれ》が知らないだけで。

「え、そうなんですか？」

「はい、猫とのコミュニケーションには猫の真似をするのが一番大切なんです！」

「そ、そうですか……」

いまいち腑《ふ》に落ちなかったが、柊さんの必死な態度にそれ以上つっこむことは出来ない。珍しい強気な彼女の態度に気圧《けお》されるように、思わず頷いてしまう。

「そうなんです！　猫の声真似をするのは全然変なことじゃないんですから。笑うなんて失礼です」

別に馬鹿《ばか》にした意味で笑ったわけではないのだが、柊さんは不満そうに頬を膨《ふく》らませる。猫好きにとっては譲《ゆず》れない何かがあるらしい。ムッと少しだけ睨《にら》んでくるので、「それはすみません」と肩を竦めて謝《あやま》った。

◆◆◆

にゃ～～ん
？

学校で有名人である斎藤と手を繋いで帰れば、もちろん噂《うわさ》にならないわけがない。前回、初詣《はつもうで》の時でさえかなり大きな騒動《そうどう》になったのだから、手を繋いでいる姿となればその大きさは相当なものになるのは必然。登校すると教室でも噂話がちらほら聞こえた。

もちろん、あの和樹《かずき》がそんな大きな話題を聞き逃《のが》すはずもない。リュックの中身を整理していると、にやにやと楽しげな笑みを浮《う》かべながら話しかけてきた。

「ねえねえ、斎藤さんがうちの学校の男と手を繋いで帰っているのを見たって噂が流れてるんだけど？」

「それがどうした？」

「上手くいったんだ？」

「別に」

いじられるのが嫌《いや》で思わず隠す。和樹が直接見たわけではないから俺が相手かは分からないはず。だが、和樹はどうしてか確信しているようで、得意そうに目を輝かせる。

「おそらく、昨日は不審者《ふしんしゃ》が出たからその心配をして一緒に帰ったんでしょ？　そして、その結果手を繋いだと」

「な、なんでそれを……」

内心を的確に言い当てられて、思わず認めてしまう。和樹の洞察力《どうさつりょく》が怖《こわ》い。認めたことで一ノ瀬《いちのせ》はさらににやりと笑みを深める。

「湊《みなと》は行動が分かりやすいからね」

「もう最近、お前が怖い」

なんなの？　ストーカー？　和樹からの愛が重いです。

「それで、これからはどうするんだい？　斎藤さんとの関係をどう進めていくか、柊さんに相談して決めてるんでしょ？」

「いいや？　実はまだ決まってない」

あれから何度かどうするか悩《なや》んだが、どうしてもいい方法が思い浮かばなかった。やはり初めての好きな人であるし、こういう男女の仲を深める方法には疎《うと》く、ピンと来るものが考えつかなかったのだ。

結局、何も出来ていない。今のままでいても多分仲良くはなれるだろうが、さらに何かきっかけが欲しいところだ。

柊さんに相談してもいいのだが、最近は特に話を聞いてもらうことが多かったので少しだけ気が引ける。ふと、そこで目の前の和樹に目が止まる。

「……なあ、和樹ってモテるよな？」

「ん？　まあ、人並み以上にはモテると思うよ」

「和樹はどうやって女の子と仲良くなってるんだ？」

和樹がモテるのは有名だし、そこまでモテるなら何かしら良いアイディアがもらえるかもしれない。和樹の助言が必ず俺と斎藤の関係にプラスに働くわけではないが、俺より女子と仲良くなる方法に詳《くわ》しいのは確実なので、少なくとも参考にはなる。日頃《ひごろ》の迷惑料《めいわくりょう》としてもここは役に立ってもらうとしよう。

「連絡先交換《れんらくさきこうかん》してメッセージとかでやり取りして、会って何度も話してって感じだけど……ああ、そういうことね」

和樹は話しながら何か納得したように頷く。やはり和樹の推測能力は凄いらしい。にやりと笑って見事に俺の思惑《おもわく》を言い当ててきた。

「斎藤さんとどう関係を進めていくか悩んでいるんでしょ？　だったら一ついい方法があるよ」

「お、おお。心当たりがあるのか。なんだ？」

「デートだよ。やっぱり仲良くなったら二人で出かけないと」

「デート……か。うん、いいな。それなら柊さんにもアドバイスもらえそうだし」

確かに良い方法だ。これまでに出かけたのは初詣の時くらいだし、それ以外だと帰り道に寄り道した時だけだ。斎藤もあまり友人と出かけたことがないと言っていたので、楽しんでくれると思う。

それに一日デートなら色々なことが出来るので仲良くなりやすいはず。一気に距離《きょり》を詰《つ》めるチャンスだ。

これまでなら斎藤とデートなんて少し気が引けていたが、ここまで仲良くなれれば断られることはない……はず。柊さんからのアドバイスも色々貰《もら》えそうだし、まさに望んでいたきっかけだ。

「柊さん？　何かあるのかい？」

俺の言葉に何か興味を惹《ひ》かれたようで目を輝かせて尋ねてくる。

「ああ、次何か行動を起こす時は予《あらかじ》め教えてほしいって言われたんだよ。もしかしたら斎藤を不快にさせることをしちゃうかもしれないからって。もしそうなりそうになっても、柊さんなら女の子だから斎藤と似た立場で気持ちを考えて判断して修正できるし、良い案だろ」

「あー、そういうことね」

目を細めて楽しそうにクスッと笑う。

「ほんとにいい案だ。教えてくれてありがとな」

「いや、全然。力になれたなら良かったよ。絶対柊さんに相談するんだよ？」

なぜか念を押《お》してくる和樹。不思議に思いながらも頷く。

「？　ああ。そりゃあ一番の相談相手だし、するよ」

「次は相談したときの柊さんの様子を教えてね」

「まあ、いいけど」

どうしてそんなに柊さんの様子を気にするのかは分からないが、まあ別に隠すことでもないし気にしないでおこう。今後の方針も決まり、デートプランをどうするかじっくりと考えることにした。


まずは本人を誘《さそ》わなければ。デートをするとは決めたものの、そのためには本人に承諾《しょうだく》してもらわないと意味がない。まだ具体的にどうするか決まっていないが、とりあえずは誘ってから。そう思いながら斎藤の家で本を読んでいた。

パラッ、パラッ。本のページを捲る音が隣《となり》から聞こえてくる。斎藤の細く白い指先がページを摘《つま》み、動かしているのが視界の端《はし》に映る。隣の気配が俺の本の世界に割って入る。

冬休みが終わり、三学期が始まって随分経《ずいぶんた》ったが未だにこの距離感には慣れそうにない。決して嫌ではないが、少し大きく動けば触《ふ》れそうになる距離に好きな人がいるというのはどうしても落ち着かない。

さらには、今回はデートに誘う緊張で全く本に集中出来ていない。隣の斎藤の様子を時々ちらりと見ては、またひたすら最初に開いたページを眺《なが》める行為《こうい》に戻《もど》る。

いざ、誘おうと斎藤の方に視線を送るが、やはり提案する勇気が出ずまた手元の本と向き合う。そんなことを何度か繰《く》り返した時だった。

「……どうかしました？」

斎藤はこちらを向くと、不思議そうにこてんと首を傾げた。

「なにが？」

「その……何度か私の方を見ていたので。それにさっきから本が進んでいないみたいですし」

そう言って俺の手に持つ本にちらりと視線を送る。

どうやら俺の様子がおかしいことに気付いていたらしい。挙動不審《きょどうふしん》なところを見られていたことは恥ずかしいがこれは幸いだ。

すぅっと息を小さく吸い込《こ》む。どうせ誘わなければならないのだ。誘うなら今だろう。

ただなんとなく恥ずかしく、つい目を逸《そ》らして頭を掻《か》きながら口を開いた。

「あー、その、今度、一緒に出かけないか？」

「？　行くってどこにですか？」

「どこに行くかはまだ決めてない……」

「はぁ……？」

まだピンと来ていないらしく、愛らしい瞳をきょとんとしたまま首を傾げ続ける。用事がないのに出かける理由に見当がついていないのだろう。元々人と出かけることがあまりないと言っていたので分からなくても仕方がない。

口に出すのは恥ずかしくなんとなく憚《はばか》られていたが、ここまで言って分からないのならちゃんと伝えるしかないだろう。

「だから、デートしないかって意味で誘ったんだけど」

「っ⁉」

口にして自分の顔が熱くなるのを感じると同時に、斎藤もほんのりと頰を赤らめて、驚いたように目を丸くした。

嫌がられていないのは一目で分かったが、デートに誘うなんて初めてで、返事を待つ居た堪《たま》れなさについ思ってもないことを口にしてしまう。

「嫌なら別にいいんだけどさ」

「い、嫌じゃありません！　行きます！　絶対行きます！」

俺の言葉に慌《あわ》てたようにぐいっと顔を近づけて、どこか真剣な表情で強く言ってくる。

さらには俺の腕《うで》まで掴《つか》んでくる始末。らしくない大きな声からどれだけ嬉しく思ってくれているかが伝わってくる。

急に顔が近づいてきたことで、斎藤のふわりとフローラルな香《かお》りが鼻腔《びこう》をくすぐる。思わず身を引く。

「お、おう。じゃあ、来週の土日のどっちか空いているか？」

「日曜日は空いていますので、日曜日なら」

「よかった。じゃあ、日曜日にしよう」

「はい。日曜日ですね」

すばやくスマホを取り出して、予定を打ち込む斎藤。横顔に微《かす》かな笑みが浮かんでいる。

「じゃあ、その……よろしくな」

「はい、その……とても楽しみです」

嬉しそうに目を細めて微笑む斎藤に言葉を失う。薄《うす》く頬を朱《しゅ》に色づかせ、覗《のぞ》き込むような上目遣いは、あまりに可愛く見ていられない。交《か》わした視線を逸らしてしまった。

「……まあ、あんまり期待しないでもらえると助かる」

「いえ、別にどこに行くかは重要じゃないですから安心してください。田中くんと出かけられるなら、きっとどこでも楽しいので」

「お、おう、そうか」

安心させようとして笑顔《えがお》を見せてくれたのはすぐにわかった。だがその蕩《とろ》けるような柔《やわ》らかな笑顔はあまりに眩《まぶ》しい。ドキリと胸の鼓動《こどう》が速くなるのを抑《おさ》えられない。

「どこか行きたいところはあるか？」

熱くなった頬の熱を逃しながら、口を開く。とりあえずデートを楽しみにしてくれているのは分かったので、次は行き先を決めなければならない。残念ながら俺には自信がない。自分で勝手に決めてもいいが、せっかく二人で出かけるのだから斎藤にも楽しんでほしい。

「そうですね……うーん」

思い付かないのか、斎藤は視線を斜《なな》め上にずらして唸《うな》り続ける。そこで、ふと斎藤が猫好きだったことを思い出す。それならば、と思いついた場所を提案してみることにした。

「じゃあ、猫カフェとかはどうだ？」

「猫カフェ！　あっ……い、いいと思います」

俺の提案に声を少しだけ上げ、一瞬《いっしゅん》ぱぁっと表情を輝かせる。だが、すぐに我に返ったらしく、恥ずかしそうに頬を朱に染めていつものテンションに戻ってしまった。

冷静な雰囲気《ふんいき》を装っているが、テンションが上がっているのはバレバレだ。一生懸命《いっしょうけんめい》隠《かく》そうとする斎藤の反応につい苦笑《くしょう》がこぼれ出てしまう。

「別に隠さなくても良いぞ？」

「好きなもので無邪気《むじゃき》に喜ぶなんて子供っぽいじゃないですか」

「そうか？　その……俺は可愛いと思うけどな」

「か、可愛い……。も、もう良いですからやめて下さい」

斎藤にとってはさっきの反応は恥ずかしいものだったらしい。これ以上は触れられたくないようでぷいっとそっぽを向いて、語気を強めて言われてしまった。

「まあ良いけどさ。それで猫カフェでいいか？　斎藤、猫好きだろ？　前一緒に帰った時も楽しそうに猫を眺めてたし」

「はい。猫カフェは一回行ってみたかったので行ってみたいです。それにしても私が猫好きだってよくわかりましたね」

「まあな」

あんな猫語で話そうとしたところ忘れられるはずがない。今思い出してもあの時の斎藤の姿は可愛らしくてつい笑みが溢《あふ》れでる。

「今度も猫語で話したら、反応してくれるかもな」

「えっ⁉　そ、それは忘れてください！」

ちょっとからかってみると、顔を真っ赤にして反論してきた。不満げに頬を膨らませて上目遣いに少しだけ睨んでくる。だが、まったく怖くはない。むしろさらに弄《いじ》りたくなる。まあ、これ以上弄ったら何を言われるか分からないのでやらないが。

「そういえば前に猫飼ってたって言ってたよな」

「はい、もういなくなってしまいましたけど」

「写真とかないのか？」

「えっと……確か私の部屋にあったと思います。見ますか？」

「ああ、頼《たの》む」

「ちょっと待っててくださいね」

そう言い残して、斎藤は閉じていた扉《とびら》を開けて隣の部屋に入っていく。扉を閉めるのを忘れたのか扉は開けたままなので、彼女の部屋の中が一部見える。見ていいか迷ったが、つい好奇心《こうきしん》に負けて初めて見る部屋の中を覗いてしまった。

全体的に白を基調としていて綺麗《きれい》に整頓《せいとん》されている棚《たな》や机がある。女の子らしさはないもののとても清潔感があり、なんとなく真面目《まじめ》な彼女らしいなと思った。

そこまで眺めたところでふと机の上にあるものに目が行く。茶色い板のようなもの。よく目を凝《こ》らすとそれは写真たてだった。写真には今より少し幼い斎藤と母親らしき人物が写っていた。だが父親は写っていなかった。

（…………）

初めてみる斎藤の母親は、彼女に似て色白のとても綺麗な人だ。斎藤が大人になり、さらに歳《とし》を重ねたら写真の母親のようになるかもしれない。そんな予想がつくくらいには似ている。父親が写っていないのは、写真を父親が撮《と》ったからか。だが、或《ある》いは……。

彼女の両親と会ったことはないし、その話を聞いたこともない。ただ今までの付き合いから、彼女の状況《じょうきょう》には家庭環境《かんきょう》の何かしらが関《かか》わっていることが察せられる。こうして斎藤の家に何度お邪魔《じゃま》しても、大人の影《かげ》を一度も感じたことはないから、抱《かか》える事情があるのだろう。

まあ。だからといって、人の家庭環境なんて軽く触れて良い話題でもない。心のうちにしまい込んで、俺は彼女の部屋から視線を逸らした。

しばらくすると、棚を探る物音が止み、部屋から斎藤が厚めのアルバムを抱えて出てきた。

「お待たせしました。結構奥《おく》の方にあったみたいでなかなか見つかりませんでした……ってどうしました？」

「ん？　いや、なんでもない。それより猫、確かココアだったか？　見せてくれ。自慢《じまん》の猫だったんだろ？」

「それはもう。こっちの猫がココアです」

誤魔化《ごまか》すように話題を変えると、斎藤はキラリッと目を輝かせてアルバムを机の上に置く。そのまま置いたアルバムを開いて、何枚も写真が貼《は》られたページを見せてくれる。そこには、子猫《こねこ》の時からだんだん大きくなって大人の猫になるまでの変遷《へんせん》があった。ある写真では、伏《ふ》せて寝《ね》ている姿。ある写真ではきょとんと首を傾げている姿。別の写真では、玩具《おもちゃ》と戯《たわむ》れる姿が写っていた。

「へー、確かに可愛いな」

「そうでしょう。そうでしょう。私の大事な親友だったんですから」

「……そっか」

横を見ると、猫のことを思い出しているのか、懐《なつ》かしむように目を細める斎藤の横顔があった。儚《はかな》く微笑む斎藤は思わず見惚《みと》れるほど綺麗で、なぜか無性《むしよう》に胸が締《し》め付けられた。

アルバムのページをめくる。最初の二、三ページは猫の写真だけがずっと続いていたが、さらに次のページをめくった時、新しい写真が現れた。

「お、これ、斎藤か？」

現れた写真には猫と一緒に写る斎藤の姿があった。今よりさらに幼いが、目鼻立ちは整っていてぱっちりの二重《ふたえ》の瞳は今と変わらない。黒髪《くろかみ》も子供の髪で今よりは少し色素が薄いが、それでも煌《きら》めいていて美しい。幼い無邪気さの中にどこか落ち着いた雰囲気もある、そんな風に見えた。

「あ、そうです。多分五歳くらいの時でしょうか？」

「へぇ、そうなのか。この時から本好きなんだな」

写真の中の一枚に、猫と一緒に絵本を楽しそうに読む斎藤の姿があった。どうやら猫に絵本を見せようとしているらしい。

「まあ、そうですね。この頃《ころ》から多分本を読む楽しさに目覚めたんだと思います」

「へぇ、ほんと昔から本好きなんだな」

「はい、田中くんには負けそうですが」

「いや、俺も同じくらいだぞ。自分から本を読み始めたのは」

「そうなんですか」

そんなたわいもない会話をしながら次のページへと進む。するとまたしても斎藤の姿があったのだが、今度は見慣れない髪型《かみがた》だった。

「へぇ、ツインテールもするんだな」

頭の中間あたりでちょこんと二つに結ばれ、見事なツインテールになっている。今の歳になればツインテールなんてすることはないので、ツインテール姿の斎藤というのはとても新鮮《しんせん》だった。髪型のせいか少しだけ活発な女の子に見える。

「そうですけど、何か変なところでもありましたか？」

「いや？　斎藤のツインテールは見たことがなかったから少し気になっただけだ」

「そうですか……少し待っていてください」

「え？」

特に何も考えずに言うと、何やら真剣な声でそう言い残して隣の部屋へと行ってしまった。

（どうしたんだ、急に）

斎藤が急にいなくなった理由が分からず戸惑《とまど》ってしまう。別にアルバムがあることでも思い出して取りに行ったのだろうか？

アルバムを適当に眺めながら待つ。少しすると、扉が開いて斎藤が姿を現した。

「は？」

思わず間抜《まぬ》けな声が漏《も》れ出る。思わず捲っていたアルバムのページを離《はな》してしまい、パタンと閉じる音が聞こえた。

彼女はさっきまで下ろしていた髪をふたつに縛《しば》り、ツインテールになっていた。あまりにも彼女の姿が想定外のもので言葉が出てこない。俺が黙《だま》ったままなので、不安になったのか少しだけ弱々しい声で上目遣いに尋ねてくる。

「ど、どうですか？」

「えっと……どうしたんだ？」

「え？　ツインテールが好きなんじゃないんですか？」

とりあえずどうして急にツインテールになったのか尋ねると、きょとんと目を丸くして固まった。どうやら、俺が「気になる」って言ったのを「好き」という意味で捉《とら》えたらしい。

「いや、別にそういうつもりで言ったわけじゃなかったんだが……。ま、まあ、あれだな。いつもより幼く見えて可愛いと思うぞ。うん」

きょとんとしていつもの張り詰めた雰囲気がなく、あどけない雰囲気になっている斎藤にツインテールというのはまあ悪くなかった。

ただ。流石《さすが》に高校生にもなって多少なりとも大人の雰囲気がある状態でのツインテールはどこかちぐはぐで笑ってしまう。特に斎藤は普段は大人っぽい雰囲気なのでなおさらだ。

別に似合っていないわけではないのでどう言ったものか悩みながら伝えると、瞳が左右にうろうろと彷徨《さまよ》い、段々と白い頬が朱に染まり始めた。

「え、えっと……その……わ、忘れてください！」

焦ったようにそれだけ言い残して、隣の部屋へぱたぱたと小走りで戻っていった。パタンと扉の閉じる音だけがリビングに響《ひび》き渡《わた》る。がさごそとしばらく物音が続き、はたと止まった。

部屋から斎藤が戻ってくる。さっきまでの名残《なごり》で微かに頬が赤い。頭には既《すで》にツインテールはなく、元のロングのストレートに直っている。

「さあ、田中くん、アルバムの続きを見ますよ」

「お、おう。なあ、さっきの……」

「アルバム、見ますよ？」

さっきのことに触れようとすると、強い口調でそれだけ言われてしまう。有無《うむ》を言わせぬ圧力。どうやらもう触れられたくないらしい。俺はこくこくと頷いてアルバムのページをめくった。

◆◆◆

ひとまず斎藤から行きたいところも聞けたことだし、ネットを使ったりしながら色々考えた。幸い現代はネットという強い味方がある。自信はないがデートプランが完成したので柊さんに意見をもらうことにした。

柊さんにはデートプランが完成したら教えるよう言われていたので、多分快く相談にはのってもらえるはず。

いつものようにバイトが終わったタイミングで話しかけた。

「柊さん、この前話していたことで、少し相談があるんですけどいいですか?」

「……はい、構いませんよ」

柊さんはスッと真剣な表情を見せ、どこか覚悟《かくご》を決めたようにこちらを向いた。

「実は、あれから彼女をデートに誘うことに成功して、来週デートをしに行くことになったんです」

「そうなんですね。それはよかったです」

「はい、結構緊張しましたが、誘った甲斐《かい》がありました。彼女もすごい嬉しそうにして誘いにのってくれたので」

「え、そんなに嬉しそうにしていたんですか?」

少し驚いたように目を丸くして固まる柊さん。何かそんなにびっくりするようなことでもあるのだろうか?

「ええ、まあ。身を乗り出して顔を輝かせていましたから、楽しみにしてくれているんだなーって思いました」

「そ、それは確かに分かりやすいですね」

「はい、流石に俺でも彼女が喜んでくれているのは分かりました」

俺から目を逸らし、身体を縮めるようにして伏し目がちに少しの間俯いてしまう。だが、コホンッと咳払《せきばら》いをしてまたこちらを向いた。

「それにしても随分と嬉しそうですね」

「そりゃあ、好きな人にそこまで一緒に出かけることを楽しみにしてもらえたら嬉しいですよ」

「そうですか」

好きな人が自分と一緒にいることを楽しみにしてくれている、それはとても嬉しい。ついにやけそうになると、柊さんは何か眩しいものでも見るようにレンズの奥の瞳を細め、クスッとほのかに微笑んだ。

「それで確か相談でしたよね？　前に話した積極的にいく際は教えるという件についてですか？」

「あ、はい、そうです。一応デートプランを考えたので、それについて意見を貰いたいなと」

「はい、いいですよ。まず最初はどこに行く予定なんですか？」

「最初は、無難に映画にしようかなって思ってます」

色々考えたが、映画が一番良いと思う。理由としては、その後の話の話題に出来るし、何より今話題の小説が原作の映画があるので、興味があったからだ。斎藤も前にちらっと興味があるようなことを言っていたので楽しんでくれるはず。

「映画ですか。いいと思いますよ」

「はい、そこでは積極的に手を繋《つな》いでいこうかなって考えています」

「い、いきなりですか⁉」

噛みながら普段《ふだん》より大きな声を上げる柊さん。やはり早すぎただろうか？　だが、前回成功していることだし、さらに意識してもらうためにはまずは前回と同じラインに立たないといけないと思ったのだが……。柊さんの反応にだんだんと不安になってくる。

「だめ……ですかね？　暗いですし、肘掛《ひじか》けのところで手を繋いでみようと思ってたんですが」

「い、いえ、それならいいと思いますよ。そうですか、最初から手を繋ぐんですね……」

ポツリと呟《つぶや》き、きょろきょろと視線を左右に慌ただしく揺らし続ける。だが、急にピタッと固まり、何か気付いたように顔を上げた。心なしか頬がほんのりと朱に染まっているように見える。

「どうしました？」

「ま、まさか、手を繋いだ流れでそのまま暗闇《くらやみ》に乗じてキスとか⁉」

「いやいやいや！　そんなことしないですよ！　何言ってるんですか⁉」

そんな急展開起こす勇気もないし、そもそもまだそんな仲じゃない。柊さんが変なことを言い始めたので慌てて否定する。

「あ、そ、そうですよね。すみません。積極的にいくと言っていたので。変なことを言いました」

「い、いえ」

流石に妙《みょう》なことを言った自覚はあったのか、少し恥《は》ずかしそうに顔を伏せてそっぽを向いた。

少しの間そっぽを向いて黙っていたが、コホンッと咳払いして、まだ頬をほんのりと色付かせながらもこちらに向き直った。

「失礼しました……とにかく、最初に映画で手を繋ぐというのは良いと思いますよ」

「そうですか」

「はい、その……好きな人に手を繋げられて嫌な人はいないですし」

さっきの恥ずかしい発言がまだ尾《お》を引いているのか、少しだけ言いにくそうに目を伏せる。

「分かりました。とりあえず最初は映画で行きたいと思います。それでその後なんですけど」

「はい、次はどこに行くんですか？」

「映画が終わったくらいでちょうどお昼なので、お昼ご飯にどこかカフェにでも行こうかなっては考えてます。映画を見た後なので話題には困らないと思いますし」

「いいと思いますよ。……もしかしてそこでも何か仕掛《しか》けたり？」

「えっと……はい」

手を繋ぐことは前にも話したことがあるので、それほど抵抗《ていこう》感がなかった。だが、それ以外のいちゃつきみたいなのを話すとなると、やはり少しだけ羞恥《しゅうち》が込み上げてくる。

「ちなみに何をするんですか？」

「食べさせ合いです」

「……えっと、それってつまりあーん、ですよね？」

一瞬だけ視線を横にずらし左右に揺らしたかと思うと、頬を薄く朱に染め恥ずかしそうにまたこちらを見つめてくる。

「はい、少し恥ずかしいですけど、これで彼女《かのじょ》を照れさせられるならやってみようかなと」

「ま、まあ、いいと思いますよ」

「そうですか。なら、このままいきたいと思います」

女子として何か思うところがあるらしく、少しだけ緊張《きんちょう》したように声を上擦《うわず》らせていたが、とりあえず問題はないらしい。自分の計画が受け入れられてほっと胸を撫《な》で下ろす。

「ご飯食べた後はどうするんですか？」

「彼女は猫が好きなので、猫カフェに行きたいと思ってます。猫カフェは純粋《じゅんすい》に楽しんでもらいたいので、流石にそこでは特に何か仕掛けるつもりはないです。一応猫カフェに行ったらそれで終わりの予定ですね」

「なるほど。そのデートプランならいいと思います。楽しそうですし。それにしても……」

意外と田中さん、女性とのデート慣れているんですか？」

言いにくそうに一瞬だけ目を伏せたが、こちらを窺《うかが》うように上目《うわめ》遣《づか》いに見つめてきた。

「まさか！　初めてですよ。なんで、そう思ったんですか？」

「ちゃんとしたデートプランを立てていますし、意外とその……彼女さんに積極的なので」

「ああ、なるほど。デートプランについてはネットでひたすら探して参考になりそうなのを活《い》かしているだけです」

デートなんて一度もしたことがない。ネットがなければまともなデートプランを立てられなかった。おそらく、本屋にでも行ってそのまま終わったに違《ちが》いない。まあ、疑われるほどには上手なデートプランを立てられたということだろう。

「あと、まあ、積極的に動いているのはやっぱりデートが特別だからですかね」

「特別、ですか？」

不思議そうにきょとんと目を丸くして、首を傾《かし》げる。

「はい、普段《ふだん》一緒《いっしょ》にいる時は、異性として意識したり、させるようなことはほとんどないですから。彼女は信頼《しんらい》して側にいてくれているので、普段から下心みたいなのを持つのはやっぱり彼女に対して失礼だと思いますし」

「……なるほど」

納得《なっとく》したように柊さんはこくりと頷《うなず》く。やはり斎藤と二人きりで部屋にいて、一片《いっぺん》の下心も持たない方が難しい。だが、それを見せるのはやはり斎藤の信頼を裏切ることになるので、普段は気にしないように本にだけ集中して過ごしていた。

「ただ、やっぱり好きな人にはたまには異性として意識させたいじゃないですか。ドキドキしてほしいですし、照れてるところなんかも見たくなりますし」

「わ、分かります！　たまには好きな人には異性として意識してくれているっていう実感が欲しくなりますよね」

「あ、はい、そ、そうですね」

急に柊さんが声を少しだけ大きくして食いついてくるので一瞬びびってしまった。柊さんにも好意を抱《いだ》いている男性はいるみたいなので、共感出来たのだろう。

「まあ、そういうわけでせっかくのデートなんで、こんな時くらいは異性として意識してもらおうかと。もちろん、これで相手がただの友人としか思っていないようならやらないですけど、向こうも多少は意識してくれているみたいなので」

「そういうことでしたか。納得しました。でも、気をつけてくださいね？」

ふふん、なぜか少しだけ自信ありげに微笑《ほほえ》む柊さん。柊さんの注意の意味が分からず、つい聞き返す。

「気をつける？」

「はい、彼女さんの方も同じように思っているかもしれませんから。もしかしたら次のデートは積極的にくるかもしれませんよ？」

「……なるほど。肝《きも》に銘《めい》じておきます」

斎藤がそこまで積極的にくることは想像できないが、言われてみれば確かにその可能性はある。なぜかクスッとどこかからかうような柊さんの小悪魔《こあくま》な微笑みが脳裏《のうり》に焼き付いて離れなかった。

◆◆◆

翌日、登校すると何かを察したのか和樹が寄ってきた。

「ねえねえ、例の彼女とのデート、どうなった？」

どこか期待するように目を輝《かがや》かせてこっちを見つめてくる。

「ああ、一応デートに誘うことには成功した。快く承諾してもらえたよ」

「そうか、それは良かった。それで、ちゃんとデートについて柊さんに相談したんでしょ？」

「まあな、色々アドバイスというか意見はもらったよ」

「へぇ、なんて言われたんだい？」

「デートプランについては問題ないって」

「お、それは良かったね」

「ああ。色々仕掛ける内容を話している時は微妙《びみょう》に気まずそうにしてたけど」

やはり他人のそういういちゃつきというのは、女子として何か思うところがあるのだろう。アドバイスを受けていた時の少し恥ずかしそうにしていた柊さんを思い出していると、和樹は納得したように頷いた。

「まあ、そうだろうね」

「あとは、最後に忠告をもらったな」

「忠告？」

「俺《おれ》が斎藤にこのデートで仕掛けようとしているように向こうも仕掛けてくるかもしれないから気をつけなさいって」

「へー、そんなこと柊さんが？」

少しだけ驚《おどろ》いたように目を丸くする和樹。やはり俺と同じく斎藤が積極的にくる姿が想像できないのだろう。

「ああ、俺的にはあの斎藤が積極的に来るとは思えないけどな」

「まあ、そうだけど……柊さんが言うんだし多少は覚悟しておいたほうがいいんじゃない？」

どこか楽しそうに和樹は微妙に口角を上げて微笑んでくる。

「まあ、柊さんのアドバイスだから一応心には留《と》めておく」

「うん、そうした方がいいよ」

柊さんがわざわざ忠告するということは、女子として何か察するものがあるのだろう。

頭の片隅《かたすみ》には一応置いておく。

こうして改めて第三者に話していると、斎藤とデートするのだと実感が湧《わ》き始める。彼女が俺の誘いを受けてくれたのは俺のことを信頼してくれているからだろうし、向こうも俺のことを多少は異性として好ましく思ってくれているからなのだろう。

それがどれだけ稀有《けう》なことで有難《ありがた》いものなのかは一応分かっているつもりだ。だからこそこのデートでは、しっかりとリードして男らしいところも見せたい。そのためにも一つ気になっていたことがあったので、それを尋《たず》ねてみることにした。

「なあ、やっぱりデートなら格好はちゃんとした方がいいよな？」

「あー、バイト先の格好になった方がいいかってこと？　かっこいい方が斎藤さんも嬉《うれ》しいだろうし、そっちの方がいいんじゃない？」

やっぱりか。以前初詣《はつもうで》に行った時にもっとお洒落《しゃれ》した格好をしないのか、と聞かれたことがあった。あの時は俺がバイトをしていることが斎藤にバレる可能性があり断ったが、もし彼女にバレたとしても今なら黙ってくれると断言できるので、あの格好で行っても問題ないはず。

「そうか、じゃあ。そうしてみるかな。初めて見る格好できっと驚かせられるしな」

「初めて、ね。まあ、きっと驚いてくれるよ」

和樹が一瞬だけ固まったかと思うと、薄く目を細めてゆるりと笑う。

「だといいけどな」

「それに変装した姿ならぱっと見たとき、湊だと分からないだろうから学校の人に見つかってもばれにくいと思うよ」

和樹が言う通り、仮に斎藤が男と出掛《でか》けている噂《うわさ》がまた学校で広まったとしても、その相手が俺だとバレる危険性が減らせるだろう。そういう意味でも一石二鳥だ。

「確かに。ならバイトの時の格好で行くとするか」

「うん、そうしな。斎藤さん、驚いてくれるといいね？」

「もしかしたら俺だと認識《にんしき》してもらえない可能性もありそうだけどな」

「……そうだね。でも、話せば本人だと分かってくれるんじゃない？」

「その前にもの凄《すご》く警戒《けいかい》されるのがオチだな」

「それはありそう。まあ最終的には気付いてくれると思うよ」

話しかけた瞬間《しゅんかん》にあの最初の頃《ころ》の冷たい目線で睨《にら》まれるのが容易に想像がつき、苦笑がこぼれ出る。それでも話せば本人だと分かってもらえるだろう。誤解を解く手間は面倒《めんどう》だが、それで少しでもかっこいいと思ってもらえるならいくらでも頑張《がんば》れる。

驚く斎藤の姿を想像して、さらにデートが楽しみになった。絶対驚くよな？　ワクワク。

第二章　本番編

（……今日か）

時計のアラーム音に意識がはっきりと浮上《ふじょう》する。重い頭を枕《まくら》から上げて、時間を確認《かくにん》すると朝の八時過ぎだった。斎藤《さいとう》との待ち合わせの時刻は十時なので、まだ時間はある。ゆっくりと準備を進めていくとしよう。

朝ご飯を食べて、いつもバイトに行く時のように準備を進めていく。髪をセットして前髪《まえがみ》を上げ、コンタクトを入れればある程度完成だ。あとは私服なのだが、昨日の夜に和樹《かずき》に確認してもらったので問題はないだろう。

（緊張するな……）

最後の確認として姿見に映った自分を見ながら、小さく息を吐《は》く。さっきからずっと落ち着かない。決して苦しいわけではないが、胸が詰《つ》まったようなそんな感じ。斎藤と休日も会えるのは嬉しいし楽しみなんだが、不安や緊張も胸の内で燻《くすぶ》り続ける。

見た目は変ではないだろうか？　自分的には日頃《ひごろ》の格好よりも今の姿の方がまともに見

えるが、斎藤がかっこいいと思ってくれるかは分からない。少しでも意識してもらえるといいのだが。

それにデートは上手《うま》くやれるだろうか？　自分から誘《さそ》ったのも初めてなのだから、もちろん女子と二人で出かけたことなんてない。ネットで色々調べて下準備はしているものの、楽しんでもらえる保証はなく、不安が胸の内に広がり続ける。何度、深呼吸を繰《く》り返しても不安は消えてくれない。

（……まあ、いい。行こう）

時間を見れば九時半過ぎ。考えれば考えるほど胸が苦しくなるが、これ以上悩《なや》んでも仕方がない。あとはなるようになるしかない。ふぅ、と一息吐いて待ち合わせ場所の駅前へと向かった。

◆◆◆

駅前の広場入り口にたどり着き、腕につけた時計で時刻を確認する。針が指すのは九時五十分。とりあえず遅刻《ちこく》は無くなったのでほっと胸を撫で下ろす。やはり初デートで遅刻は一番のご法度《はっと》なので、それが無くなったのは大きい。

約束の時間までは少しあるが、とりあえず広場の中で待つとしよう。そう思い、広場へ入った時、奥のベンチに座《すわ》る斎藤の姿が目に入った。

「……っ」

思わず息を呑《の》む。周りの冷えた白い景色から浮《う》いたあまりの可愛《かわい》さに見惚れて、一瞬言葉を失ってしまった。

遠目からでも分かるほどに斎藤はお洒落をしていて可愛らしい。普段見ないサテン生地《きじ》の薄《うす》いブラウンのロングスカートに、上は濃《こ》いブラウンのニット。その上にふわふわとした白いボア生地のジャケットを羽織っている。それはとても似合っていて、彼女の整った容姿と相まって強烈《きょうれつ》に目を奪《うば》われて離せない。

さらに学校では緩《ゆる》く髪を巻いている程度なのに、今日はハーフアップで黒髪に金の髪飾《かみかざ》りが輝く。

とりあえず、声をかけなければ。見惚れて思わず固まってしまった足をゆっくりと動かして彼女の方へと向かう。

斎藤は何やら缶《かん》の飲み物を両手で持って、ふぅふぅと息を吹《ふ》きかけていた。近づけばさっきまではよく見えていなかったものが色々と見えるようになる。ハーフアップにしたことで普段は隠《かく》れている耳には、薄い桃色《ももいろ》の花のイヤリングが揺《ゆ》れていた。

他にも普段とは違う化粧《けしょう》をしているのか、口紅はほんの少しだけ赤みが強く、グロスも塗《ぬ》られ色っぽい。清楚《せいそ》であるがどこか艶《あで》やかさもあり、いつもと違う斎藤に、近づくたびどんどん緊張が上り詰めてくる。

(声をかけてもいいのだろうか?)

周りを見れば通り過ぎる人達《たち》が何人も彼女に視線を送っている。通行人の注意を引いて止《や》まない。だが斎藤は特に視線を意に介《かい》した様子はなく、淡々《たんたん》とした表情でスマホを弄り続けている。明らかに周りから浮いているまばゆい光のように美しい斎藤に、一瞬《いっしゅん》だけ声をかけるのが躊躇《ためら》われた。

どうしたものか迷いながら彼女の元へとたどり着くと、俺の足音に気付いたのか、ふと、彼女がこちらを向いた。ぱちりと愛くるしい綺麗な瞳《ひとみ》と目が合う。

「よぉ」

「……え、田中《たなか》くん!?」

目が合った瞬間、斎藤はほんのわずかに表情が緩み、そしてすぐに目を丸くして固まった。

「あ、ああ。よく俺だって分かったな」

おかしい。変装は完璧《かんぺき》だし、一ノ瀬《いちのせ》も言っていたので気付かないと思ったのだが。もっと警戒心《けいかいしん》をむき出しにする反応を予想していた。斎藤はちらっと上目遣いにこちらの様子を窺う。

「その……どうしたんですか、その格好？」

「いや……一応、二人で出かけるわけだしちゃんとした格好をしようと思ってな。それに初詣の時、斎藤が俺のお洒落した姿を見たそうにしてたし」

「ああ、あの時。覚えていたんですか」

「ん、まあな。もしかして変だったりするか？」

「いえ、そんなことないですよ。ただ驚いただけです」

「そっか、ならよかった」

ほっと安堵《あんど》の吐息《といき》が漏れる。

「そういえば、どうして俺だと気付いたんだ？」

「え……？」

「いや、だって普段の格好とはかなり違うだろ？　それに髪型とか眼鏡も外してるし。絶対最初は別人だと思って警戒されると予想してたから。なんで分かったんだ？」

「え、えっと、それは……」

きょろきょろと慌《あわ》ただしく視線を左右に揺らしながら、手に持った缶をきゅっと包み込《こ》む。

「ほ、ほら、やっぱり田中くんとは日頃一緒《ひごろいっしょ》にいますから、そのぐらいの変化でも簡単に気づけるんです」

「そういうものか？」

「はい、流石にほぼ毎日会っていれば普通《ふつう》は分かりますよ」

「なるほどな。まあ、説明する手間が省けたし気付いてくれて良かった」

多少引っかからなくはなかったが、確かにほぼ毎日顔を合わせていれば気付けたのも頷けた。それに、今回は俺が来ると分かっていたから、そのおかげでもあるのだろう。

まあ、多少予想とは違ったが、斎藤の反応を見る感じ驚かせることには成功したと言ってもいい。心の内に充実《じゅうじつ》感が満ちる。

「待たせて悪かったな」

「いえ、ただ私が早めに来ていただけなので気にしないでください」

「分かった」

最初に服装を褒《ほ》める。それはネットに書いてあったことなので、早速実践《さっそくじっせん》したいところなのだが、どう切り出したら良いのだろうか？

「えっと……今日は随分《ずいぶん》とお洒落だよな」

「それは……田中くんとのお出かけですから。その、変ではないですか？」

ほんの少しだけ不安そうに瞳を揺らして、こちらを見上げてくる。

「そんなことない……俺は可愛いと思うぞ。よく似合ってる」

「そ、そうですか」

最初見た時に目を奪われたほどの可愛さだ。若干《じゃっかん》照れが混じってしまったが真剣《しんけん》に答えると、斎藤はさらに頬《ほお》を朱《しゅ》に染めて口元を緩めた。

「……っ」

普段の姿でさえ可愛いのに、お洒落な化粧なんてしていればその可愛さはもはや毒だ。近くにきてより一層実感する。年相応の可愛さに艶やかさが混じって妙に色っぽく、こっちがどぎまぎしてしまう。緊張でうまく頭が回らない。それ以上見ていられず逃《のが》れるように背を向けた。

「じゃ、じゃあ行くか」

急いで歩き出そうとする。だが、ちょこんと袖《そで》を摘《つま》まれ、「あ、あの、待ってください」と引き止められた。

「……どうした？」

「その……言い忘れていたので……。耳を貸してください」

上目遣いにそう頼《たの》み込《こ》まれ、膝《ひざ》を折り耳を斎藤の高さまで下げる。斎藤は口元に両手で筒《つつ》を作るようにして俺の耳元へと近づけた。

「………田中くんも、とてもかっこいいですよ」

耳元をくすぐる吐息。そして甘《あま》く囁《ささや》かれた言葉。ぞくっと甘美《かんび》な痺《しび》れが背中を駆《か》け抜《ぬ》けていく。あまりの衝撃《しょうげき》に息を呑《の》み一瞬で頬が熱くなる。たまらず斎藤から一歩離れて、彼女の方を向いた。

斎藤はクスッとどこか大人びた微笑みを浮かべ、白く細い指先を赤い唇《くちびる》に当てていた。

「さぁ、行きましょう」

満足そうにひらりと背中を向けて俺より先へと進み出す。その背中に、まだ冷めない熱くなった頬のまま思った。

――ああ、やはり柊《ひいらぎ》さんの言う通り、今日の斎藤は積極的らしい。

「どうしました？」

先に歩き出した斎藤を呆然《ぼうぜん》と見送っていると、こちらを振《ふ》り返った。

「……いや、なんでもない」

「そうですか？　顔が赤いですよ？」

わざと聞いているのだろう。からかうように細められた目がそう語っている。弾《はず》んだ声が感情を隠せていない。もちろん、斎藤に言われた言葉に照れている、なんて言えるはずがなく、そっぽを向いて誤魔化《ごまか》す。

「別に、気のせいだ」

「ふふふ、そうですか。そういうことにしておきます」

だが、斎藤はやはり楽しそうで、満足そうに微笑み前を向いた。

「それで、田中くん。最初はどこに行くんですか？」

「ああ、まずは映画を見に行こうと思ってて。いいか？」

「はい、ちなみに何を？」

「行ってみて他に面白《おもしろ》そうなのがあったら変えるかもしれないが、一応予定は、最近話題になってる恋愛《れんあい》映画だ」

「あ、知ってます。その映画！　確か、原作の本も凄い売れてますよね」

どうやら予想通り、斎藤も興味はあったらしい。目を輝かせて食いついてくる。本屋に行くとかなり目立つところに置かれたりしているので、有名なのは間違《まちが》いない。

「そう、それ。ミーハーな気もするが、まあ気になったしな」

「田中くんも意外とそういう話題は気にするんですね」

少し意外そうに目を丸くする。

「そんなに意外か？」

「あ、いえ、なんとなくのイメージですが、自分の好きなことにしか興味を持たないタイプだと思っていたので」

「ああ、普段はそうだな。そういう流行《はや》り物とかには疎《うと》いし、噂とかもあんまり詳《くわ》しくないし。ただ、今回は本だったからな……」

「なるほど、そういうことですか。まったく、本当に本が好きですね」

そう言ってクスッと微笑む。口調こそ呆《あき》れた感じであったが、横目で様子を窺うと、どこか慈《いつく》しむようにへにゃりと目を細めていた。なんともばつが悪くて、視線を前に戻《もど》す。

「悪いかよ」

「いいえ？　田中くんらしいなって思っただけです。本には目がない田中くんは可愛いですよ？」

「可愛いなんて言われても嬉しくねえよ」

「もう、褒めてるのに」

男なのに可愛いなんて言われても嬉しいわけがない。斎藤は俺の反応が不満だったのか、むっと少しだけ唇を尖《とが》らせる。

「それで映画はいつ始まるんですか？」

「確か、十一時からだな」

「では、時間には余裕《よゆう》がありそうですね。ゆっくり行きましょう」

楽しげな掛《か》け声と共にスカートをひらめかせる。いつになくテンションが高い斎藤に俺も続いた。

宣言どおり、ゆっくりと静かに歩く。元々互《たが》いに口数が多い方ではない。なので特に言葉を交《か》わさず、沈黙《ちんもく》が漂《ただよ》うことが何度もあるが不思議と気まずくない。

話題を出さなきゃ、みたいな焦燥《しょうそう》が湧くこともなく、安らぎ斎藤と二人で出かけている喜びを噛《か》み締《し》める。

斎藤はどうだろうか？　隣《となり》を見ると、いつもの淡白《たんぱく》な無表情とは違い、目を薄く細めわずかに口元を緩めて微笑んでいる。その様子から楽しんでくれているのだと、こっちまで嬉しくなる。

「随分、楽しそうだな」

「そうですか？」

「ああ、微笑んでるから。それにいつもより表情も緩んでるし」

「……え？　え⁉」

足を止め、一瞬、ぽかんと小さく口を開けて固まる。だが、俺の言葉の意味を理解したのか、だんだんと頬を朱に染め始めた。

どうやら無自覚であったらしい。視線を慌ただしく揺らして、分かりやすく動揺《どうよう》している。よほど恥ずかしいのか、薔薇色《ばらいろ》の頬を隠すように両手で覆《おお》った。

まだ混乱しているようで、「え、えっと、その……」と声を上擦らせながら、なんとか言葉を紡《つむ》ぎ出している。上目遣いにこちらをちらっと見たと思えば、すぐに地面に視線を彷徨《さまよ》わせ続ける。

まさか、こんなに慌てるとは思わなかった。ここまで動揺されると、こっちまで動揺してしまう。その結果、妙なことを口走ってしまった。

「え、あ、いや、別に悪い意味で言ったわけではないぞ？　その、可愛いと思うし」

恥ずかしそうにしているが、別に微笑む姿は可愛らしいし、気にする必要はない。そういう意味で伝えたつもりだった。だが、斎藤は素《す》っ頓狂《とんきょう》な声を上げた。

「か、可愛い⁉」

「あ、違う違う！　い、いや、違くはないんだがその、言葉の綾《あや》というか、別に楽しそうだし良いと思うぞ、という意味で伝えたかったんだ」

「あ、そ、そういうことですよね」

焦《あせ》って、思わず本音が漏《も》れ出てしまった。一応訂正《ていせい》しておいたが、さらに斎藤は動揺して俯《うつむ》いている。指の間から覗《のぞ》く頬はさっきよりも真っ赤だ。さらにもともと陶磁器《とうじ》のような白い肌《はだ》が首元まで薄く桃色になっているのも目に入った。

やってしまった……。斎藤の様子にこっちまで冷静さを欠いて、変なことを言ってしまった。斎藤が真っ赤になって俯く姿を眺《なが》めながら、小さく息を吐いた。

少しの間、顔を真っ赤にして俯いていたが、段々と落ち着いてきたらしく、赤みが少しずつ薄れていく。薄い桜色程度まで戻ったところで、やっと顔を上げた。

「見苦しいところをお見せしました」

「あ、いや、まあ、可愛かったからいいけど」

「も、もういいですから……」

真っ赤にして俯く斎藤が可愛かったのは事実。なので見苦しくなかった、という意味で否定すると、斎藤はまた僅《わず》かに声を上擦らせる。その言葉に「お、おう」と頷けば、コホンッと咳払いを一つ挟《はさ》む。

「まさか、そんなに表情が緩んでるとは思いもしませんでした。変な顔ではありませんでした？」

「ああ、そこは大丈夫《だいじょうぶ》だぞ。本当に楽しんでくれているんだなってのが伝わってきたし」

「楽しいのは田中くんと出かけているからですよ？」

「そうなのか？」

「はい、元々あまり出かけないので、お出かけ自体が楽しみなのもありますが、やっぱり仲の良い田中くんとの初めてのお出かけですから、その理由が一番大きいです」

目をへにゃりと細めて、安らかに笑う表情はとても穏《おだ》やかだ。その表情から嘘《うそ》ではないということが伝わってきて、ほっと安堵する。

「そっか。それならよかった」

「この後も楽しみです」

ふふん、と期待に満ちた目を向けてくるので、小さく肩《かた》をすくめる。

その後は落ちついた雰囲気《ふんいき》の中、映画館へと向かって進んでいく。本の話や学校の話など他愛《たあい》もない話をしながら歩いていく。そんな会話を挟みながら、俺は何度も斎藤の白い手を見ていた。

この後の映画で手を繋ぐと決めているが、実行するとなるとやはり緊張してしまう。こういうのはなかなか慣れるものではない。どんな感じで手を繋ごうか、悩みながら歩き続けた。

しばらく歩くと無事映画館へと辿《たど》り着き、中へと入る。屋内は暖かく、冷えた肌がじんわりと温《ぬく》もりに包まれた。

「わぁ、結構色々な映画があるんですね！」

入るとすぐ目の前に今上映している映画のポスターが所狭《ところせま》しと貼《は》ってあった。斎藤はとてとてと少しだけ駆け足でその前へと向かい、興味深そうに眺め始めた。

「何か面白そうなのはあったか？」

自分たちの目的の映画以外にも、アクション映画やSF、推理ものなど色々な映画があった。こんなのもやってるのか、とぼんやりと眺める。

「いえ、今回は田中くんが薦《すす》めてくれた恋愛映画にしたいと思います」

「そうか？　他のでも良いんだぞ？」

「いえ、私的にも一番興味が惹《ひ》かれたので。それに……」

「それに？」

少しだけ言いにくそうに言葉を溜《た》めるので、聞き返す。するとほんのりと頬を朱に染めて微笑んだ。

「やっぱり、デートといえば恋愛映画ですから。せっかくの田中くんとのデートだったらなおさらです」

「そ、そうか」

ふわりと華《はな》が舞《ま》うような微笑みに、思わず言葉を噛む。デートと改めて口に出されると妙《みょう》に気恥《きは》ずかしい。僅かに顔が熱くなるのを感じながら、ゆらりと耳元で煌《きら》めくイヤリングが目に入った。

チケットを買い、ついでに飲み物も買って入場時間になるのを待つ。椅子に座って待つ間、隣で斎藤は楽しそうにチケットを何回も見ていた。

少し経《た》つと入場時間になったという放送が流れて、沢山《たくさん》の人が中へと入っていく。自分たちもその流れに任せて入り、取った席へと座る。

少し待つとだんだんと暗くなり始め、スクリーンが明るく照らされるようになる。そのスクリーンの明るさで映った斎藤の横顔を意識しながら、視線を手元へと下ろす。

左側。十センチほど空いて隣には斎藤がいる。その彼女の右手は肘《ひじ》おきに置かれて、細く綺麗《きれい》な手が袖口《そでぐち》からのぞいていた。

ごくりっと唾《つば》を飲《の》み込み、手を伸《の》ばす。ゆっくり。ゆっくり。徐々《じょじょ》に手を近づけていく。触《ふ》れるか触れないかの距離《きょり》まで近づき、一息吐いて、そっと彼女の手に自分の手を触れ合わせた。

「……っ」

触れた瞬間、びくっと僅かに彼女の体が揺れる。様子を窺い隣を見ると、斎藤もこちらに視線を向けていた。ぱちりと二重《ふたえ》の瞳と視線が交差する。彼女の瞳だけがスクリーンの光を反射し、やけに色鮮《いろあざ》やかに煌めいているように見えた。

彼女はそっと目を伏《ふ》せ、視線を逸《そ》らす。そして、彼女から俺の手に細い指を絡《から》ませて来た。

熱い。重ね合わせた手のひらがやけに熱く感じる。ぎゅっと握《にぎ》りしめれば、ぎゅっと握り返される。そんな単純なやり取りがただ嬉しくて愛《いと》おしい。喜びを噛み締めていると、そっと耳をくすぐるような甘い声が聞こえた。

「手、繋《つな》ぎたかったんですか？」

「え、あ、いや、まあ……」

わざわざ聞かれると流石《さすが》に恥《は》ずかしい。なんとも答えられず、曖昧《あいまい》にしか返事が出来ない。だが、俺の言わんとすることは伝わったようで、斎藤は嬉しそうに口元を緩めて、クスッと笑う。

完全に手玉に取られている。そのからかう表情に少しだけムッとしてしまう。仕返しとばかりに逆に聞き返す。

「そっちこそ、どうなんだよ？」

斎藤のこれまでの反応を見る限り、あまりこういうのには慣れていないはず。向こうから仕《し》掛《か》けてくるときは、余裕そうだが逆にこっちから仕掛ければこれまでは照れていた。

それなら、今回もまた顔を赤くするに違いない。意識させてやろう。そう思っていたのに、予想外の反応だった。

「私ですか？　もちろん、繋ぎたかったですよ。こうやって、映画館で繋ぐとドキドキしちゃいますし」

「そ、そっか……」

頬はほんのりと赤く照れてはいるのだろうが、余裕そうな表情は崩《くず》れない。それどころか、繋いだ手を見せてきた。逆にやり返され、意識させられてしまった。

（なんでそんな余裕なんだよ……）

熱くなった顔の熱を流しながら、映画が始まるのを待った。

映画が流れ始めたことで、繋いだ手から意識を切り替《か》えてスクリーンに集中する。だがその集中に手の感覚が割って入ってくる。

伝わってくる手のひらからの熱はむず痒《がゆ》く、ほんのりと頬に熱は篭《こも》り続ける。そっと息を整えながら、前を向き続ける。

映画は幼馴染《おさななじみ》の恋愛物だった。昔から仲の良い男女二人が高校に上がり、互いに段々と意識していく。色んなイベントやトラブルを乗り越《こ》えてその度に気持ちは積み重なり、互いを意識し合う過程が丁寧《ていねい》に描《えが》かれていった。

途中《とちゅう》、たまに斎藤の方を盗《ぬす》み見ると、その視線は興味深そうにスクリーンの方に向いていた。愛らしい綺麗な瞳にはスクリーンの色鮮やかな色彩《しきさい》がうつり、まるで宝石のように煌めく。グロスの塗られた唇までも色っぽく濡《ぬ》れていてどこか扇情的《せんじょうてき》だ。妙な色っぽさに思わず、生唾《なまつば》を飲み込んでしまった。

さらに時々訪《おとず》れるトラブルの場面では、緊張《きんちょう》かあるいは恐《おそ》れのせいか、きゅっと繋いだ手に力を込めてくるので、心臓が跳《は》ねる。まったく、わざとではないのだろうか？　不意打ちは本当にやめてほしい。

そんなことを経験しながら、段々と物語は終盤《しゅうばん》へと向かっていく。

『今の関係が壊《こわ》れてしまいそうで、告白するのが怖《こわ》い』

物語最終の場面。互いに意識し合ってもうあとは告白するだけ。そこまで関係が進んだところで、ヒロインの独白が流れる。その言葉は、強く胸に刺《さ》さった。

ヒロインのその考えはとても共感できた。

関係を進めるということは、今の関係を変えるということだ。一度変わったものは元に戻らない。それがどんなに大事なものだったとしても。

だから、好きであるが故に関係を進めるのが怖い。まだ付き合う覚悟《かくご》が出来ていない。

今のまま、仲の良い友人の関係を続けている間は、この居心地《いごこち》の良い関係を維持《いじ》できる。

だが、仮に付き合ってしまったらもう友達という関係は戻ってこない。まだ俺には友人の関係を失う覚悟はなかった。

自分も思春期であるし、彼女《かのじょ》というものが欲《ほ》しいという欲求はある。だが、それは単純な好奇心《こうきしん》に近いもので、その欲求を満たすために斎藤を利用したくなかった。

付き合うということはいつか別れる時が来るかもしれない。そう思うと関係を進める一歩を踏《ふ》み出せなかった。

（斎藤はどう思っているんだろうか？）

様子を窺《うかが》うように、隣の斎藤の横顔を眺める。

ここまで自分を信頼《しんらい》してくれて、色んな表情を見せてくれて、さらにはからかってきたり、触れることを許してくれたり、これだけ揃《そろ》えば確実に斎藤は自分のことを好いてくれていると断言できる。もし、これでただの自惚《うぬぼ》れだったら恥ずかしいが……。

もう少し。もう少しだけ今のままでいたい。

付き合うなら今の関係を失ってでも進めたい何かがあった時。その覚悟を持つことが出来た時。その時が来たら告白しよう。そう心に決めた。

結局、映画では男側が最後勇気を出して告白し、成功するところで終わった。完全なハッピーエンドにほっと安堵すると喜びが込み上げてくる。

「面白かったですね」

「そうだな。色んなところで感情移入したし」

「私もです。特にヒロインには共感出来る部分が沢山あって、固唾《かたず》を呑んで見守ってしまいました」

斎藤も映画の余韻《よいん》に浸《ひた》っているようで、恍惚《こうこつ》とした表情で淡《あわ》い声を漏らす。その声の調子から楽しんでいたことはひしひしと伝わってきた。

「確かに、映画中の斎藤は真剣そのものだったな」

「え？　見てたんですか？」

ほんのりと頬を朱に染めて、目を丸くする。そんな姿がやっぱり可愛いなと思いつつ、言葉を続ける。

「少しだけな。じっとスクリーンの方眺めてて、集中してるのが分かった」

「はい、お話自体はシンプルなんですけど、それが逆にヒロインへの感情移入をしやすくしていて、気付いたらヒロインと同じ立場で映画を見ていました」

「へー、そこまでハマったなら見た甲斐《かい》があった。どこに一番共感したんだ？」

「うーん、一番と言われると難しいですね……」

細い指先を顎《あご》に当てて、むーっと考える。少しの間その体勢を維持していたが、やがてぽつりと零《こぼ》した。

「……告白前のところでしょうか？」

「はい、『今の関係が壊れてしまいそうで、告白するのが怖い』ってヒロインが独白していたところです」

「ああ、あそこか」

「はい、やっぱり唯一《ゆいいつ》の大事なものを失うのは怖いですから……」

少しだけ俯きつつ零したその声は儚《はかな》げで、どこか暗さが滲《にじ》んでいた。

なんと声をかけるべきか迷っている間に、斎藤は顔を上げる。俯いていた時に見えた僅かに影《かげ》を落とした表情は、顔を上げた時には既《すで》に消えていた。

「でも、最後のは良かったです。ちゃんと勇気を持って踏み出すところは主人公らしくて、思わず見惚《みと》れてしまいました」

「そうだな、あれはカッコ良かった」

一瞬だけ見えた暗さはもう完全になくなり、楽しそうに微笑《ほほえ》んで俺《おれ》と言葉を交わす。確かにあそこまで堂々と自分の気持ちを打ち明ける姿は男らしくてかっこいい。自分ももし告白の機会があったら、ああいう風にしたいものだ。

他の色んな場面の感想を話し合いながら映画館を出た。

映画館を出ると、寒風がひゅうっと肌を撫《な》でる。その屋内との温度差に思わずぶるっと体が震《ふる》えた。隣の斎藤も同じようで、僅かに身体を震わせて肩を竦《すく》める。

「そ、外は寒いですね」

「そうだな。映画館の中が暖かかったから尚更《なおさら》だな」

「はい。急いでご飯を食べに行きましょう。食べるところはもう決まっているんですか?」

「ああ、一応パンケーキの店を予約してる。結構有名らしい」

「そうなんですか、それは楽しみです」

そう呟《つぶや》く斎藤はぱぁっと顔を輝《かがや》かせて微笑みを浮かべる。

アイスやケーキを食べている姿を見た時から思っていたが、斎藤はどうやら甘いものが大好きらしい。わざわざ探した甲斐があった。満足できる斎藤の反応に心の内で頷《うなず》く。

「楽しみにしててくれ」

「もしかして駅近くにある一年前くらいに出来たパンケーキ屋さんですか?」

「そう、そこだな」

「前に一度食べたことがあるんですが、本当に美味《おい》しかったですよ。それがまた食べられるなんて。ふふふ、楽しみです」

「そうなのか。パンケーキって結構流行ってるもんな。俺的にはなんとなく家で作るホットケーキみたいなイメージしか湧《わ》かないから気に入ってくれるか少し不安だったんだが、楽しみにしてもらえるならよかった」

「何を言っているんですか、普通のホットケーキとあのパンケーキは全然違《ちが》いますよ」

「お、おう」

俺の言葉に引っかかったらしく、真剣な表情でじっと見つめてくる。透《す》き通る綺麗な瞳がこちらを向く。

「いいですか？　あそこのパンケーキというのは、日本の女性をみんな熱狂《ねっきょう》させているスイーツなんです。それどころか、女性のみならず、老若男女《ろうにゃくなんにょ》に愛されるスイーツと言っても過言ではありません。市販《しはん》のホットケーキとは全然違いますから」

「そ、そうなのか。楽しみにしておくよ」

熱く語る斎藤を前に思わずたじろぎ、言葉を噛んでしまう。どうやら、あそこのパンケーキはお気に入りだったらしい。こんなに饒舌《じょうぜつ》になるのは本の時以外には見たことがなかったので相当なのだろう。

慌ててコクコクと首を縦に振ると、斎藤は「はい、絶対田中くんも虜《とりこ》になりますよ」と満足したように微笑んだ。

寒さに背中を押《お》されるように、目的のパンケーキ屋さんまで進む。途中でいかに行く店のパンケーキが美味しいか語られ、それは到着《とうちゃく》するまで続いた。

「あ、着きましたね」

「そうだな」

熱心に話す斎藤は可愛くていつまでも見ていたかったが、お店についたことで会話を区切る。カラン、とベルの音を響《ひび》かせながら扉《とびら》を開けて中へと入った。

内装は暗めでどこかシックな雰囲気が漂う。落ち着き静かな空気が肌に伝わった。

店員さんに案内され、テーブルを挟んで斎藤と向かい合って座る。店員さんはメニュー表を置いて去っていった。

「初めて来たが、雰囲気いいな。本を読むのが捗《はかど》りそうだ」

「まったく、なんで基準が本なんですか……」

斎藤はどこか呆れたように微笑みを浮かべる。だが共感はしてもらえたようで「分からなくはないですけど」と付け加えていた。だよな！

机に置かれたメニュー表を開いて中を見る。ネットで調べた時に見たようなメニューがずらりと並んでいた。

「前回来た時はどれを食べたんだ？」

「これですね。普通の一番人気のです。バニラアイスが載ってシロップがかかっているんですけど、程よく甘くて美味しかったですよ」

「そうなのか。確かに美味しそうだな」

斎藤が指さした写真には三枚の白いパンケーキが並び、その上にバニラアイス、そしてとろりと甘そうな黄金のシロップがかかっているのが写っていた。

美味しそうな写真に食欲がそそられ、ごくりと唾を飲む。

斎藤は他のメニューを見ているようで、目をきらきらと輝かせながら、視線をゆっくりと動かしていた。よほど魅力的《みりょくてき》なのか、口元を緩ませてメニュー表に釘付《くぎづ》けになっている。

「斎藤はどれにするんだ？」

「そうですね……。今はこれかこれで悩んでます」

そう言って指差したのは、抹茶《まっちゃ》のパンケーキと期間限定のストロベリーのパンケーキ。どちらも美味しそうで悩むのは頷ける。

だが、それ以上に目を引いたのは期間限定という文字。確か、前にアイス屋に寄った時も期間限定だからって誘われた気が……。

「斎藤って期間限定好きだよな」

「そうですけど、悪いですか？」

単純だなと俺が思っているとと思ったのか、ほんのりと頬を赤らめて、窺うように上目遣《うわめづか》いでこっちを見る。

「いや、別にいいけど。そういうのを気にするんだなと思ってな」

「だって期間限定ですよ？　今を逃したら食べられなくなっちゃうかもしれないじゃないですか」

見事にお店の販売《はんばい》戦略に嵌《は》まっている。意外と単純だった。

「まあ、そうだな。じゃあ、期間限定のやつにしたらいいんじゃないか？　抹茶は俺が頼むよ」

「いいんですか？」

「ああ。抹茶は好きだし、ストロベリーも興味があったからな」

実際抹茶は好きだし、ストロベリーも美味しそうだと思う。だが、一番の目的は自然に食べさせる口実になるからだ。順調に計画が進んでいることに満足しながら、店員さんを呼んで注文を終えた。

しばらく待つと、甘い香《かお》りと共に二つのパンケーキが運ばれてきた。机に置かれるとふわりと香《こう》ばしい匂《にお》いが鼻腔《びこう》をくすぐる。

「わぁ、美味しそうです」

斎藤はそう零していつになくきらきらと瞳を輝かせる。期待に満ちてもう待ちきれない、といったどこかあどけない表情が可愛《かわい》らしい。

普段《ふだん》の淡々とした雰囲気とのギャップに思わず笑《え》みが溢《あふ》れ出た。

「じゃあ、食べるか」

「はい、いただきます」

手を合わせて食事の挨拶《あいさつ》を済ませると、斎藤は慎重《しんちょう》な手つきでゆっくりとフォークをパンケーキに近づける。一口大にもう片方の手のナイフで切り取り、そっとフォークで刺して、そのままぱくりと口の中に入れた。

入れた瞬間《しゅんかん》「んっ！」とどこか甘い声を漏らしながら、目をぱちくりと丸くする。だがすぐに目をへにゃりと細めて味わうように幸せそうに表情を緩《ゆる》ませた。

「美味しいか？」

「はい！　甘いだけじゃなくて、ストロベリーの酸味も効いていて本当に美味しいです」

斎藤はふわりと華が舞うように満面の笑みを見せてくる。それは本当に温かく柔《やわ》らかな表情でとても魅力的だった。

自分も一口、と目の前に置かれた抹茶のパンケーキを食べる。口に入れた瞬間に、抹茶のほろ苦い甘さが口一杯《いっぱい》に広がっていく。甘いものが苦手な自分でも十分に満足できるほど、本当に美味しかった。

「どうですか？」

「ああ、美味しいな」

斎藤が俺の様子を窺うようにこっちを見つめていたので感想を伝えると、安心したように口元を緩める。それで終わりかと思ったが、どうやらまだ気になることがあるようでちらっと俺の手元に視線を送ってきた。

計画通り。これなら自然に食べさせられるだろう。

「食べるか？」

「はい」

「ん、じゃあ、ほら」

そう言いながら一口大に切り取って、フォークで斎藤の口元まで運ぶ。斎藤はほんのりと頬を朱に染めて、僅かに逡巡《しゅんじゅん》するように視線を左右に揺《ゆ》らした。

「え、えっと……」

「なんだ、食べないのか？」

「た、食べます！」

照れているせいで躊躇《ためら》っているのは分かっていたが、あえてフォークを下げるようにしてみると、斎藤は若干《じゃっかん》焦《あせ》りながらぱくりと口に入れた。

「どうだ？　美味しいか？」

「美味しいです……」

細く小さな声でそれだけ呟いて、伏目《ふしめ》がちにこっちを見る。茜色《あかねいろ》に色づいた表情から照れているのは丸わかりで、自分の作戦が上手《うま》くいったことが分かった。

無事、計画が上手くいき満足していると、斎藤がなにやらおもむろにストロベリーのパンケーキを一口大に切り、こっちの口元まで運んできた。

「えっと、斎藤？」

「お返しです。ほら、食べてください」

ちょっぴり恨《うら》めしそうな表情で、でもどこかからかいも含《ふく》んだ視線がこっちを向いて離《はな》さない。まさかやり返されるとは思わなかった。差し出されたパンケーキを見つめる。微《び》妙《みょう》に羞恥《しゅうち》に駆られながらも差し出されたパンケーキを頬張《ほおば》った。

「どうですか？」

「あ、ああ。美味しいぞ」

「そうですか。では、もう一口どうぞ」

そう言いながらまたパンケーキを口元に持ってくる。

「え？　あ、いや……」

なんと言えばいいのか思いつかず、言葉が出てこない。整理しきれないまま、差し出されたパンケーキの前で固まってしまう。

「要《い》らないんですか？」

「た、食べる。食べるぞ」

そう言ってまたぱくりと食べる。

こう二度目もやらされると余計に意識してしまい、羞恥で頬が熱くなってくる。籠《こも》った熱を逃しながら、斎藤の様子を窺うと、満足そうに微笑んでいた。

「はい、もう一口どうぞ」

「お、おう」

それから流れに任せるまま、何度か逆に食べさせられることになった。

――なんでこうなった？

食べさせるはずが、なぜか逆に何度も食べさせられることになってしまったが、なんとか食べ終えてほっと息を吐《は》く。

「美味しかったですね」

「ああ、そうだな」

空いた皿の前で柔らかく微笑む斎藤がどこか満足げなのは気のせいではないだろう。どうにも今日の斎藤は普段より積極的で調子が狂《くる》う。そのことに戸惑《とまど》いながら、首筋を指先で掻《か》く。

「この後は猫《ねこ》カフェですか？」

「そうだな。斎藤の要望だしな。予約はしてあるから待たされることはないと思うぞ」

「そうですか。ふふふ、楽しみです。どんな猫さんがいるんですかね」

そう呟きながらへにゃりと目を細めて朗《ほが》らかに微笑む様子からも、本当に楽しみにしてくれているのが伝わってくる。

「調べた感じだといろんな種類の猫がいるらしい。俺が知ってるのだと、マンチカン？　だったか？　はいたのを覚えてる」

「合ってますよ。マンチカンですか。小さくて可愛いですよね。テレビではよく見るんですけど実際に触《さわ》ったことがないんですよね」

「そうなのか？　ペットショップとかで眺めてそうだけど」

「な、なんで分かるんですか？」

俺の呟きに目を丸くして驚《おどろ》きで僅かに声を上擦《うわず》らせる斎藤。

ペットショップの前で立ち止まってぼうっと猫を眺める斎藤の姿が容易に目に浮《う》かんだ

ので、試《ため》しに口にしてみただけだったのだが、どうやら当たっていたらしい。

「斎藤は好きなものには熱中しやすいからな。なんとなくそう思った」

「別にそんな熱中しませんよ？　普通《ふつう》です」

「さっきまでパンケーキを熱く語っていた奴《やつ》が言っても説得力がないだろ」

「そ、それとこれとは別です！　と、とにかくマンチカンは実際に触ったことがないので、早く会ってみたいです」

図星を指されて、斎藤はわざとらしく話題を元に戻し始める。ほんのりと頬を色付かせ羞恥に駆《か》られる姿に嗜虐《しぎゃく》心がくすぐられたが、これ以上いじると拗《す》ねそうなので、戻った話題にのることにした。

「他には好きな種類とかあるのか？」

「そうですね……。そう言われるとなかなか思いつかないです。あ、でも、アメリカンショートヘアは前に飼ってた猫さんの種類なので好きです」

「あー、この前帰り道で見かけた猫の種類ってそういう種類なのか。よくみんなが想像するザ猫って感じだよな」

「はい。でもそれがいいんですよ。というより猫ならどんなのだって可愛いです。あのツンデレで甘《あま》えてくる感じを受けたら、田中くんだってきっとメロメロになっちゃいますから、覚悟していてくださいね」

「そうか、それは楽しみにしておくよ」

普段よりテンション高く語る斎藤はやはり話すことに熱中している。さっきの自分の発言はどこにいった？　まったく誤魔化《ごまか》されていないことに思わず笑ってしまった。

店を出て猫カフェへとたどり着く。扉を開けて入ると、受付に店員さんが立っており、その奥《おく》で猫が歩いたり寝《ね》ている姿が目に入る。

「いらっしゃいませ。ご予約されている方でしょうか？」

「はい、田中です」

「かしこまりました。ではこちらにお名前のご記入お願いしますね」

寄ってきた店員さんに案内されて紙に名前を書いていく。すると書いている途中で袖《そで》をくいくいと軽く引かれた。

「田中くん。田中くん。凄《すご》いです。猫が沢山いますよ。歩いてます。ああ！　あくびをしている子もいますよ。可愛いです。可愛すぎます」

俺が想像していた以上にテンションが上がっていて、楽しそうな声を上げる斎藤。目をキラキラと輝かせて部屋の奥へと視線を送り続ける。

「分かった。分かったから。あとちょっとだけ待ってくれ」

普段の静かな雰囲気はどこへやら。いつもの冷静沈着《ちんちゃく》な斎藤の見る影もない。早く早くと暗に急《せ》かす斎藤を宥《なだ》めて、急いで手続きを済ませた。

「では、一時間でよろしいでしょうか?」

「はい」

「お時間が近づきましたら、声をかけさせていただきますのでごゆっくりお楽しみください」

無事受付を済ませ、ほっと息を吐きながら斎藤と向き合う。

「終わりましたか?」

「ああ、終わったぞ。待たせたな」

「いえ、大丈夫ですよ。終わったなら早速《さっそく》行きましょう」

「お、おう」

もはや猫に気を取られ過ぎているせいか、斎藤は一切抵抗《いっさいていこう》なく手をつなぎ、ぐいぐいと部屋へとひっぱる。急な無意識の積極さに思わずドギマギしながら、部屋の中へと入った。

「わぁ! 沢山いますよ、田中くん。どうしましょう。どの子から近づいたらいいんでしょうか?」

部屋に入った途端《とたん》、嬉《うれ》しそうにきょろきょろと部屋の中の猫たちに視線を注いでいく。

あっちを見たり、こっちを見たり、と忙《せわ》しない。きらきらと瞳《ひとみ》を輝かせる姿は無邪気《むじゃき》で可愛らしいが。年相応のあどけない雰囲気につい口元が緩む。

「時間はまだたくさんあるし、こっちの一番近い猫さんからにしようぜ」

「あ、いいですね」

右手一番手前のキャットタワーで寝ている猫を指さすと、斎藤は賛同するようにこくりと頷いた。

驚かさないようにゆっくりと近づく。目の前まで近づくと寝ていた猫は気配を察したのか目を開けてこっちを向いた。

「猫さーん。起きたんですか？」

アーモンド色の丸い瞳と目が合うと、斎藤はいつもより高い可愛がるような声で小さく囁《ささや》いた。それに答えるかのように「ニャー」と猫が鳴く。

「田中くん、田中くん！　猫さんが答えてくれました！　にゃーって答えてくれましたよ」

まさか鳴き声を返されると思ってなかったのか、こっちをむいて嬉しそうにくいくいと袖を引いて教えてくる。見てたから分かるって。どこか興奮気味な斎藤の頬《ほお》がうっすらと赤みを帯びているのが目に入った。

「そうか、よかったな。もしかしたら、猫語を使って話したらもっと会話できるかもしれないぞ」

「そ、そんなことしません。絶対からかうつもりでしょう。田中くんの考えていることなんて分かっているんですから」

猫に「にゃーにゃー」と話しかけていたあの時の姿がまた見たくて提案してみると、斎藤は頬を朱《しゅ》に染めて焦《あせ》ったように声を上擦らせる。そのまま早口で言い切ると、ぷいっとそっぽを向いた。

「いいのか？　もう一回返事してもらえるかもしれないぞ？」

やはり斎藤の猫真似《まね》姿は可愛く、もう一度見たかったのでそう声をかける。多少でも迷わないだろうか？　すると期待に沿って分かりやすく視線をうろうろと彷徨《さまよ》わせ始める。

「そ、そうでしょうか……？　猫の真似をしたら、答えてもらえますかね？」

上目遣いにこちらの様子を窺うように見上げて尋《たず》ねてくる。その細い声にはどこか期待するような雰囲気があった。

「分からんがやってみる価値はあると思うぞ」

「……わかりました」

猫に通じるとは思わないが、必死に猫の真似をする斎藤の姿は見たいので、試みるように促《うなが》してやる。斎藤はほんのりと頬を染めながらもこくりと頷いて、猫と向き合った。

「にゃ、にゃぁ」

鳴き真似をしつつ、ちらっと一瞬《いっしゅん》こっちに視線を向ける。だが、すぐにまた猫と向かい合う。そのまま声を僅《わず》かに上擦らせ、恥ずかしながらも何度かにゃーと鳴き真似をして猫に話しかけ始めた。

その斎藤の鳴き真似に猫は不思議そうにきょとんとし続ける。少しの間見つめあっているとと斎藤の声に反応したのか、一度だけ「にゃー」と鳴いた。

その瞬間、斎藤の表情がぱぁっと輝き始める。口元を緩ませて、得意げに微笑んだ。

「見ましたか、田中くん。猫さんが答えてくれましたよ」

「そうだな。もっとやってみたらどうだ？」

「はい、やってみます」

一度上手《うま》くいったことで楽しくなったのか、もはや恥ずかしさはなくなり、にゃーにゃーと何度も話しかけている。

猫と見つめ合って楽しそうに表情を緩ませる斎藤の姿は、やはり可愛い。どこか庇護《ひご》欲を掻き立てられて、守ってあげたくなるようなそんな感じがする。しばらく鳴き真似を続ける斎藤を記憶《きおく》に刻んだ。

ひとしきり猫と話し終えた斎藤はそっと手を伸ばす。細く白い指先が猫の体に触れた瞬間、感嘆の声を漏らした。

「わ、わあ！　ふわふわしてます。すごい柔らかいですよ、田中くん」

撫でられる猫は気持ち良いようで、薄《うす》く目を細めながらおとなしく撫でられている。そんな猫の様子をきらきらと目を輝かせながら眺《なが》めて、斎藤は優《やさ》しく猫の体を撫でている。撫でる斎藤があまりに楽しそうでつい気になった。

「そんなに柔らかいのか？」

「はい。毛布みたいな感じでこう何度も撫でたくなります。ほら、田中くんも撫でてみてください」

「あ、ああ」

ほとんど動物を触ったことがないので一瞬迷ったが、斎藤に強く勧められたので、勇気を出して少し緊張しつつも手を伸ばす。ゆっくりと自分の手を猫へと近づけ、指先がふわふわとした毛先に触れるかと思った時だった。

「フシャーッ！」

「うおっ」

急な猫の威嚇《いかく》に思わず驚きの声が漏れ出る。慌《あわ》てて手を引いたがいつまでも俺のことをじっとにらんでくるので、どうやら俺のことが嫌《きら》いらしい。斎藤はその様子に、撫でながら猫に優しく語りかけた。

「猫さん、大丈夫《だいじょうぶ》ですよ。田中くんはいい人ですよー」

柔らかい声音《こわね》で話しかけるが、猫は一切警戒《いっさいけいかい》を解くことなくじっとこっちを見てくる。大人しく一歩下がれば、目を閉じて丸くなり、心地《ここち》よさそうに斎藤に撫でられる格好に戻《もど》った。

斎藤は俺と猫の間で視線をうろうろとさせ、少し困ったように眉《まゆ》をへにゃりと下げて弱弱しく言葉をこぼす。

「どうしましょう……」

「俺のことは気にしなくていいから、斎藤が俺の分まで撫でてやってくれ」

「……わかりました」

一瞬口を開いて何か言いかけたが言葉にはならず、こくりと頷く。動物なのだからどうにもならないことであるのだし、やむを得ないと思ったのだろう。何度か俺を気にして視線を送ってきたが、だんだんと猫のほうに集中して楽しそうに表情が柔らかくなっていった。

そんな斎藤の様子を眺めながら、別の猫に近づいてみる。さっきは嫌われてしまったが、次もそうとは限らない。それにあれだけ斎藤が夢中になるものには興味があった。

　試しに少し離れたとこで寝ていた猫に近づいてみると、足音に気が付いたのかパチッと目が開いた。真っすぐにこちらを向き目が合うと、プイッとそっぽを向いて俺から離れるように歩いていく。

（どうしてだ……）

　なぜかわからないが猫から嫌われているようで、斎藤のように上手く猫を撫でるどころか触《ふ》れるのもままならない。いろんな猫にチャレンジしてみたが結局一度も触らせてもらえなかった。

　はぁ。思わず肩《かた》を落としながら斎藤の元へと戻る。とぼとぼと歩いて戻ると、そこには羨《うらや》ましい光景が広がっていた。

「……すごい人気だな」

「そうですね。なぜか勝手に集まってきまして」

　沢山《たくさん》の猫に囲まれている斎藤の姿。モテ具合が凄《すさ》まじい。つい言葉を零すと、やや困惑《こんわく》気味に斎藤がぐるりと周りの猫たちを見回す。

「田中くんはどの子かに触らせてもらえましたか？」

「いいや、まったく。近づくだけでみんな離れていく。……まあ、いいけどさ」

　苦笑《くしょう》を見せつつ強がってみるが、内心では少しくらいは触ってみたい。これだけいるの

だから一匹《ぴき》くらい触らせてくれる猫がいてもいいと思うのだが。現実はなかなか厳しいらしい。

若干《じゃっかん》あきらめつつ、斎藤の楽しむ姿が見られたのだから満足しておこう。そう思った時だった。

「にゃー」

ズボンの足元に違和感《いわかん》を覚えて視線を下に向けると、真っ白な猫が一匹、俺のズボンに体を擦《こす》り付けるようにしていた。

「わぁ！ すごいきれいな猫さんですね」

「そうだな」

他の猫たちも十分毛並みはきれいだったが、目の前の猫の毛並みは部屋の光を反射するほど艶《あで》やかで、美しく煌《きら》めいていた。くりくりとした瞳は愛らしく、どこか人なつっこさを感じられる。

「ほら、田中くん。チャンスです。今なら触らせてもらえますよ」

「あ、ああ」

向こうから寄ってきてくれたのは初めてで戸惑ったが、斎藤の声に屈《かが》んでゆっくりと手を伸《の》ばす。今度は威嚇されないか心配だったが、あっさりと大人しく触らせてくれた。

「おおー」

初めて触る猫の毛の感触《かんしょく》は柔らかく、その奥の肌《はだ》からほのかな温かさが指先に伝わってくる。さわさわと手のひらで撫でると、よりその滑《なめ》らかさが伝わってきて、確かに斎藤が虜になるのも分かった気がした。

一しきり撫で終えたので先ほど斎藤がしていたように顎の下を撫でてみる。すると白い猫は気持ちよさそうに目を細め、ゴロゴロと小さく鳴き始めた。

「かわいいな」

「ふふん。田中くんもとうとう猫の可愛さがわかりましたか。抱《だ》っこしてみたらさらに可愛さが分かりますよ」

「抱っこ？」

「はい。ほらやってみてください」

「いや、でもやり方が分からないしな……」

「そうなんですか？」

「ああ」

きょとんと少しだけ目を丸くする斎藤。だがすぐに何かを思いついたのか明るい声を出した。

「じゃあ、私が教えてあげますから、やってみましょう。猫さんの魅力《みりょく》にめろめろになりますから」

わずかに口角をあげて楽しげに微笑む。どうやら俺のことを猫の虜にしたいようで、猫好きとしての企《たくら》みでもあるのだろう。まあ、その思惑《おもわく》があったとしても提案自体はありがたい。猫の抱き方なんて分からないし。首肯《しゅこう》すると、斎藤はきらりと目を輝かせた。

「まずはどうしたらいいんだ？」

「とりあえず一回やり方を見せますので見ていてください」

そう言いながら斎藤は一番懐《なつ》いていた猫に手を伸ばす。猫の脇《わき》に手を入れそっと優しく持ち上げると、腰《こし》に片手を添《そ》えて抱き上げた。

「見てましたか？」

「ああ」

「まず最初に猫さんの脇に両手を入れて持ち上げてください。そして持ち上げたときに片手を猫さんの腰に添えるように持ち替《か》えたら完成です」

すらすらと簡単なように説明してくれるが、もちろん一回見て聞いたくらいでは出来るはずがない。

「えっと……最初は……」

　なんとか斎藤の見よう見まねでやってみようとするが上手く持ち上げられない。そんな俺に斎藤は新たな提案をした。

「うーん、やっぱり難しいですよね。あ、分かりました。私が田中くんの手を取って教えますね」

「お、おう？」

　いまいち斎藤の言葉を理解できずにいると、斎藤はさっと俺の後ろに回った。

「さあ、猫さんの脇に手を通してください」

　どうやら後ろから教えてくれるらしい。言われるがままにゆっくりと手を伸ばすと、そっと俺の両手に斎藤の白い手が添えられた。

「さ、斎藤？」

　急な出来事に思わず声を上擦らせる。すると斎藤の真剣《しんけん》な声が聞こえた。

「どうしたんですか？　ほら、ちゃんと目の前の猫さんに集中してください」

「あ、ああ」

　どうやら斎藤は猫の方に気を取られているせいで今の状況《じょうきょう》に気付いていないらしい。斎藤の注意になんとか平静を装って猫を持ち上げる。

「あ、いいですね。そしたら……」

斎藤の褒《ほ》めの言葉が聞こえたかと思うと、背中の服越《ご》しに柔らかい感触が伝わってきた。

「え、ちょっと、斎藤？」

「なんですか？　ちゃんと集中してください。猫さんが嫌《いや》がらないうちにちゃんとした抱っこの仕方をしないと」

俺の問いかけにたしなめるようにして、斎藤は俺の腕《うで》を動かし猫をちゃんと抱くような形に整えていく。なんともかける言葉が思いつかず真剣な斎藤にされるがままにしているうちに、なんとか猫の抱っこが完成した。

「やっと終わりました。ちゃんと抱っこが出来てよかったですね、田中くん」

後ろから抱きしめられた体勢で、背中越しに斎藤の満足げな声が聞こえてくる。猫の抱っこが上手くいったことはよかったが、こっちはそれどころではない。後ろからの柔らかい感触は未《いま》だに伝わってくるし、この体勢だって心臓に悪い。これ以上は耐《た》え切れず、思わず声をかけた。

「斎藤、離れてもらえるか？　その……当たってる」

「……え？」

俺の声かけにきょとんと間の抜《ぬ》けた声が聞こえてくる。俺の言葉の意味を理解したのか、上擦った声がさらに聞こえてきた。

「え、えっとその……」

焦るような声とともに、俺に触れていた体温が遠ざかっていく。背中を包んでいたほのかな圧迫感《あっぱく》も消え、斎藤が離れたことが分かった。とりあえずは状況が改善したことにほっと息を吐く。そのまま息を整え、斎藤の方を振《ふ》り返る。

そこには、自分の体を両腕《りょううで》で隠《かく》すようにして、顔を真っ赤にした斎藤がいた。うつむき加減にこっちを向く斎藤と目が合う。

「………田中くんのえっち」

ぽつりと小さくつぶやく斎藤に、「えっと、すまん」そう答えるしかなかった。

顔を真っ赤にしてぷるぷると震えて固まっているのをしばらく眺めていると、やっと落ち着いてきたのかコホンッとわざとらしい咳払《せきばら》いをして、こっちを見た。

「……さっきのことは事故ですから、もう忘れてください」

「お、おう。分かった」

頬の赤みが引いたとはいえ、淡《あわ》い桃色《ももいろ》を残しながら話す斎藤に、こくこくと頷く。

そう簡単に忘れられるような出来事ではないが、互《たが》いに触れないほうがいいのは間違《まちが》いない。一瞬背中の柔らかい感触を思い出しそうになり、慌てて首を振って不埒《ふらち》な考えを奥《おく》底《そこ》に押し込《こ》める。

「それで猫の抱っこはどうですか？」

斎藤の窺《うかが》うような声に自分の状況を思い出す。さっきのことが衝撃的《しょうげきてき》過ぎて忘れていたが、下に視線を向けると、白い猫もタイミングよくこちらを向いた。

青く宝石のように煌めく瞳と目が合う。自分の腕の中で大人しく抱かれながら、尻尾《しっぽ》をゆらゆら揺らしているので機嫌《きげん》はいいらしい。

艶々《つやつや》としたシルクのような毛並みと愛らしい瞳。それらによる見惚《みと》れるような綺麗《きれい》さと可愛らしさの破壊力《はかいりょく》は抜群《ばつぐん》だ。腕の中に収まり、猫は「にゃー」と一鳴き。

あまりの可愛さに思わず「可愛いな」と心の声が漏れ出る。つい出たその声は斎藤の耳に届いたようで、斎藤は得意げな表情を浮かべた。

「そうでしょう。そうでしょう。猫さんは抱っこを嫌がる子もいますから、その猫さんは相当田中くんのこと気に入っていると思いますよ」

「そうなのか？」

「はい、猫さんも気持ちよさそうにしていますし」

そう言いながら、斎藤は優しげに目を細めて腕の中の猫に近づく。

「どうですか〜？　田中くんの腕の中は温かいですか〜？」

猫撫《ねこな》で声で話しかける斎藤。普段の姿からは想像もつかない声だが、それだけ楽しんでくれているということだろう。

猫に触れようと斎藤は手を伸ばす。その細い指先が猫の体に触れようとした瞬間、バシッと猫が斎藤の指に猫パンチを放った。

「え？」

「……え？」

さっきまでご機嫌で優しそうだった猫の思いがけない反応に、俺と斎藤、両方とも唖然《あぜん》とした声が漏れ出た。斎藤は何度も目をぱちぱちと瞬《またた》かせ、呆気《あっけ》に取られて固まっている。

その様子をちらっと猫は一瞥《いちべつ》する。それ以上斎藤が触れてこないことに安心したのか、「にゃっ」と短く鳴いてまた俺の腕の中に顔を埋《うず》めた。

「えっと……斎藤も嫌われることあるんだな」

「そう……ですね。これまでに色んな猫と戯《たわむ》れてきましたが、ここまで拒絶《きょぜつ》されたことは初めてです」

何か引っかかるのか、少しだけ首を傾《かし》げて猫を見つめる斎藤。猫パンチを食《く》らった自分の指先をじっと見て、そして俺の腕の中の猫に視線を向ける。

猫も斎藤の視線と合うように、わずかに顔を上げて尻尾をゆらゆら揺らしながら斎藤の方を見た。腕の中で抱かれる猫、それに向き合い俺の正面に立つ斎藤。そんな構図が成立する。

「まあ、珍《めずら》しく俺に近づいてきた猫だし、少し変わっているのかもな」

今もだが、これだけ多くの猫に好かれて囲まれる斎藤に触れさせないあたり、何か違《ちが》うのだろう。非モテの俺に惹《ひ》かれるなんて変わった奴。なぜ俺にだけ寄ってきたのか本当に不思議だ。

「……ほんと、変わった猫さんです」

そう言いながらじっと腕の中の猫を見つめ続ける。その表情は何かを窺うように真剣だ。

「どうかしたのか？」

「いえ……多分私の気のせいです」

「どういう……」

どういうことだ？　そう聞こうとした時、腕の中で動く気配がしたので、視線を下に向ける。そこでは白い猫がもぞもぞと身体を動かしていた。そのまま顔を俺の胸に擦り付け始める。

「お、どうしたんだ？」

急に動き出したので、宥めるように抱きながら身体を撫《な》でてやる。すると猫は俺の胸にすりすりしながら気持ちよさそうに目を細めた。

ここまで気に入ってくれているような反応を見せられると、さらに撫でてあげたくなるものだ。満足してもらえるよう優しく丁寧《ていねい》に撫でるのを意識しながら手を動かす。

猫はそんな俺に大人しく撫でられながらゆっくりと顔を動かすと、斎藤の方に視線を向けた。そして「にゃー」と鳴いてみせた。

その鳴き声はどこか得意げなようにも聞こえた。

「むっ、もしかして私挑発《ちょうはつ》されましたか？」

どうやら斎藤も同じように感じたようで、僅かに頬を膨《ふく》らませて猫を見つめる。

「あ、やっぱりか？　なんとなく俺もそんな感じがした」

「やっぱりそうですよね。その猫さん、今私のこと挑発しましたよね？」

「多分、撫でられて気持ちいいのを伝えたかったんだろ」

「まったく。猫さんは好きですけど、その猫さんはちょっとだけ嫌いです」

不満げな声を漏らしてぷいっとそっぽを向く斎藤に、思わず苦笑してしまった。

少しの間そっぽを向いていたが、ふぅ、と小さく息を吐いてこちらを向く。そして猫と目を合わせるように腰を曲げると、猫に話しかけ始めた。

「まったく。まあ、いいです。猫さんは今だけしか田中くんと一緒《いっしょ》にいられませんからね。今は田中くんを貸してあげます」

ほんの少し得意げにそれだけ言い残すと、斎藤は身を翻《ひるがえ》してほかの猫を相手にし始める。

そんな後ろ姿を、俺は白い猫を抱きかかえて撫でながら見守り続けた。

しばらく猫と戯れていると、店員さんが声をかけてきた。

「そろそろ一時間となりますが、延長しますか？」

その声に時計を見てみれば、あと少しで一時間が経《た》とうとしている。

「あ、もうそんな時間ですか。少し待ってもらえますか？」

そう店員さんに言って斎藤に声をかける。

「斎藤。もう少しで一時間経つけど延長するか？」

「え、もうそんなに経ったんですか？　うーん、まだ少し居たい気もしますが、もう充分《じゅうぶん》楽しんだので、大丈夫ですかね」

「分かった。じゃあ、そう言ってくる」

斎藤は僅かに猫に目配せして名残惜《なごりお》しそうにしていたが、そう言うのなら満足はしたのだろう。終わる意思を店員に伝えて、残り少ない時間を楽しんだ。

「ありがとうございました。またのご来店をお待ちしています」

腰を折って礼をする店員さんに見守られながら、猫カフェを後にする。外へ出るとやはり寒さが肌を撫でた。

もう今日のデートプランは終わったのであとは帰るだけだ。最後も彼女《かのじょ》には多少は意識してもらいたいので、手を繋《つな》ぐとしよう。

「ん、ほら」

出来るだけさりげなくなるように手を差し出す。斎藤はほんのりと薄く桃色に頬を染めながらも手を握《にぎ》ってくれる。自分より少しだけ冷たい斎藤の体温がじんわり手のひらに広がる。

「ふふふ、とても楽しかったですね」

朗らかに明るく微笑《ほほえ》む斎藤を横目に帰り道を歩く。まだ猫カフェでの楽しさの名残があるのか、その表情はいつも以上に柔《やわ》らかい。

「凄い楽しそうにしてたよな。まあ、気に入ってもらえたなら良かったよ」

「はい！　もう、あんなに沢山の猫さんがいて！　本当に夢みたいな時間でした」

目をキラキラと輝《かがや》かせて、無邪気に嬉しそうな声を上げて感想を語ってくれる。ここまで嬉しそうな姿を見せられると、見ているこっちもつい表情が緩《ゆる》む。

「あんなに沢山の猫に囲まれて、店員さんも驚いていたぞ」

「え、そうなんですか⁉」

「ああ。店員さんに『彼女さん、猫に凄い人気ですね』って話しかけられたし、あれだけ猫に囲まれる人は初めて見たって言ってたぞ」

「そんなこと話していたなんて気付きませんでした」

驚いたように呟《つぶや》く斎藤に、「お前は猫に夢中だったからな」と苦笑を混じえながら答える。

あれだけ猫の方に集中していれば周りが見えていなかっただろう。多分、俺の存在を半分くらいは忘れていたと思う。

「い、言っておきますけど、別に田中くんのことを忘れていたわけではありませんよ？その……あまりに猫さんが可愛《かわい》すぎて、ついそっちに集中してしまっただけですから」

「別に、猫に夢中になってる斎藤は新鮮《しんせん》で見てて楽しかったから気にするな」

「え、そんなに普段《ふだん》と違いました？」

自覚がなかったのか、きょとんと不思議そうに首を傾げて歩みを止める。振り返るように斎藤を見ると、くりくりと愛らしい瞳が丸くなっていた。

一瞬、なんと答えるべきか迷う。おそらく、猫と遊んでいる時の斎藤の姿を伝えれば、斎藤は恥《は》ずかしがってこれからは自分の行動を意識してしまうだろう。

するとあんな無邪気な姿はもう見られなくなってしまう。あれはなかなか見られるものではないし、胸の内に秘《ひ》めておこう。そう決めて曖昧《あいまい》に笑った。

「んー、まあ、気づいていないならいいんじゃないか？」

「え、なんですか！　私、そんな変な様子だったんですか？　ねぇ、どうなんですか？　ちょっと！」

鋭《するど》く追及《ついきゅう》してくる斎藤から逃《に》げるように、少しだけ早足になった。

しばらくの間、そんな押《お》し問答《もんどう》を繰《く》り返していると、とうとう斎藤の家へとたどり着く。

「お、斎藤の家に着いたぞ」

「むっ、そんな分かりやすい誤魔化しに乗るのは癪《しゃく》ですけど、仕方ありませんね」

少しだが頬を膨らませてむくれながらも、はぁ、と小さく息を吐いて穏《おだ》やかな表情に戻る。さらりと風が通り抜けて、柔らかく煌めきながら髪《かみ》が揺《ゆ》れた。

「今日はありがとな」

「いえ、こちらこそありがとうございました。新鮮なことばかりで楽しかったです」

「俺も楽しかったよ。映画は久しぶりに見たが、こう感想を語り合える相手がいると、新しい楽しみ方が出来たし」

「そうですね。私も映画館は久しぶりでしたが、楽しめました。ぜひまた行ってみたいです」

斎藤のその言葉に、ピンッと頭の中でネットの記事のことが蘇《よみがえ》る。

調べたあの記事によれば、デートの終わり際に次のデートの約束をするといいらしい。

そのことを考えると、今誘《さそ》うのが絶好の機会だろう。

「ああ、また行こうな。映画館に限らず、どこか一緒に出かけよう」

「……！　はい、ぜひ行きたいです！」

一瞬固まるがすぐに俺の言葉の意味を理解したのか、ぱぁっと顔を輝かせて、こくこくと頷《うなず》いた。その返事にほっと胸を撫で下ろす。

「まあ、そのうちどこ行くかは決めような」

「そうですね。ゆっくり決めましょう」

「ああ」

ひとしきり話し合えて、僅かに沈黙《ちんもく》が流れる。ゆっくりと穏やかな空気が俺と斎藤を包む。あとは別れるだけなのだが、なかなかそのことを言い出せない。

こんなに長い時間一緒に色んなことをしたことはなかったので、なんとなく別れがたかった。

それでもいつまでもこのままでいるわけにはいかない。思い切って口を開いた。

「……じゃあ、また明日な」

繋いだ手をそっと離《はな》しながらそう告げる。離れた手の平に冷たい空気がひゅうっと入り込む。斎藤は瞳を揺らして、僅かに眉を下げた。そしてそのましみじみとした調子でそっと言葉をこぼした。

「はい……今日はすごく楽しかったです。ほんとうに、本当に……幸せな一日でした」

楽しんでくれたのは本当だろう。幸せだと思ってくれたのも事実だろう。きっと満足してもらえたとも思う。ただ、そう告げる斎藤が寂《さび》しそうに見えたのは気のせいだろうか？

困ったような表情の斎藤が見ていられなくて、思わず俺は手を伸ばす。

「え、ちょっと、田中くん？」

焦るような驚《おどろ》いたような声を上げる斎藤を無視して、頭を撫で続ける。ハーフアップの髪型《かみがた》で多少縛《しば》られているためにいつものように髪全体は揺れないが、撫でるたびに前髪《まえがみ》だけがさらさらと揺れる。

薄暗《うすぐら》い月明かりを反射した髪が煌めき、ゆらめくたびに何度も宝石のように輝いた。

「きゅ、急にどうしたんですか？」

斎藤は大人しく撫でられながら、上目遣《うわめづか》いでこちらに視線を向けてくる。ぱっちりとした二重《ふたえ》の瞳はどこか戸惑《とまど》っているようにも見えた。

「なんか、少し寂しそうにみえたから、つい、な」

「別に寂しいなんて……」

「そうなのか？　それは悪かった」

そう言いながら、そっと手を離そうとする。だが、俺の撫でる手を斎藤が上から押さえてきた。

「寂しくなんてないですけど……その、もう少しだけ撫でてください」

視線をこっちから逸《そ》らしながら、頬を朱に染めそう告げてくる。どうやら強がっているだけだったようで、そのことに苦笑しつつ「仰《おお》せのままに」と撫でることを続けた。

「……もう、大丈夫です」

「そうか？」

「はい」

そっと手を頭から離すと、斎藤がゆっくりと顔を上げた。ずっと撫でられていたことが恥ずかしいようで、少しだけ視線は下に向いている。

「じゃあ、今度こそ、また明日な」

「はい、また明日」

互いに手を振って別れを告げる。背を向け家路に就《つ》く。別れ際の斎藤は、俺の気のせいでなければ、満足そうに微笑んでいた。

◆◆◆

（ちゃんと報告しないとな）

デートの計画を立てる際にはかなりお世話になったので、事後報告は必要だろう。それに次のデートのためにも柊さんの話は聞いておきたい。

柊さんにはデートの報告をするためいつものように裏口で待とうと扉《とびら》を開けると、既《すで》に柊さんがいた。どうやら先に着替《きが》えが終わっていたらしい。

「あ、お疲《つか》れ様《さま》です。柊さん」

「お疲れ様です……田中さん、確か先週末は例の方とデートでしたよね？」

「はい、色々ありまして。聞いてもらってもいいですか？」

「構いませんよ。その……私もどんな感じだったのか気になっていたので、待っていたんです」

ほんの少しだけ頬を桜色に染めてそう告げる柊さん。なるほど、柊さんが待っていたのはそういう理由だったらしい。なぜそんなに恥ずかしそうに言ったのかは謎《なぞ》だが。

「じゃあ、早速《さっそく》……といいたいところですけど、少し寒いですね」

いつものように話し始めようと思ったが、ぴゅうっと冷たい風が頬を撫で外気の寒さを体に染みつけた。

今日は普段以上に寒い。確か天気予報でも十年ぶりくらいの大寒波と言っていたのでそのせいだろう。流石《さすが》にここで話すには寒すぎた。

「近くにカフェがあるんで、そこで話しませんか？」

「えっと……」

俺の提案に少し迷うように視線を左右に揺らす。

ああ、そうだった。最近は快く相談に乗ってくれていたので、彼女が異性を苦手としていることを失念していた。一瞬断られるかもと思ったが、「いいですよ」と了承《りようしよう》してくれたので、ほっと安堵《あんど》する。早速、目的の店に向かった。

徒歩三分程度のところに一軒《けん》のコーヒー屋さんがある。自分がバイトをしている店と違ってコーヒーとデザートを売りにしている店で、料理は提供しないので上手《うま》く共存しているらしい。あとは価格帯が違ってこっちのコーヒー屋さんの方が安いのもあるのだろう。お店自体は夜遅《よるおそ》くまでやっているので、ちゃんと開いていた。中へ入ると暖かい空気が体を包む。冷えた身体には心地いい。ほっと少しだけ気が緩む。

「いらっしゃいませ」

レジに人は並んでいなかったので、真っすぐにレジへと進む。メニューを眺めて注文する飲み物を決めていく。

「柊さんは何にしますか?」

「私はこのカプチーノのMサイズにします」

「カプチーノですね」

自分の分と柊さんの分を注文する。すぐに二つ完成したので受け取って、近くの席に座《すわ》った。

「あの、お金……」

「ああ、いいですよ。普段《ふだん》相談に乗ってもらっているのでそのお礼です」

こんな程度では決して全《すべ》ての恩を返せたとは言えないけれど、それでも気持ちは伝わるだろう。そう思って言ったのだが、柊さんは首を振った。

「ダメです。そうはいきません」

「いえ、本当に……」

「少し待っていてください」

どうやら柊さん的にはダメだったようで、すたすたとレジの方へ行ってしまう。少し待つとお皿を持って帰ってきた。

「あの……」

「これは、私からです」

そう言って、俺の前にショートケーキを置いた。これでおごられた分は返す、という意味だろう。

「分かりました。彼女がそういうのなら受け取らないわけにはいかない。しっかりと頭を下げる。

「ありがとうございます……でも、ほんといつも相談に乗ってもらって何か返したかったのですが……」

「気持ちだけで十分ですよ。相談のことは気にしないでください」

あっけらかんとした感じに言うので、どうやら本当に相談のことは気にしていないらしい。その柊さんの態度に少しだけ気持ちが軽くなっていると、さらに柊さんは小さく言葉を付け足した。

「それに……私にとっても相談は大事なことですから」

「大事？　どういうことですか？」

柊さんの言葉が気になり思わず聞き返す。すると柊さんは焦《あせ》ったような上擦《うわず》った声を上げた。

「え!?　えっと、その……な、内緒《ないしょ》です」

そう言って、わずかに頬《ほお》を赤らめながらしーっと口元に人差し指を立てた。

内緒と言われてそれ以上追及するのは野暮《やぼ》というものだろう。つっこまれたくないことは誰《だれ》にでもある。柊さんが大事と言う理由は気になったが、頭の片隅《かたすみ》に追いやった。

こほん、と分かりやすく咳払いをして、柊さんは真っすぐにこちらを向く。

「それで、デートは上手くいきましたか？」

「はい、多分。彼女はかなり喜んでいましたし。それにいつもよりテンションが高かったので、楽しんでくれたとは思います」

デート中の斎藤の様子を思い出しながらそう報告すると、柊さんがピクッと反応した。

「……そんなに普段よりテンション違いましたか？」

「はい。俺の気のせいかもしれないですけど、にこにこって程《ほど》ではないですが素の表情が柔らかかったですし、何より普段より饒舌《じょうぜつ》でしたから」

「な、なるほど……そんなだったんですね」

俺から目を逸らし、縮こまるようにして少しだけ顔を伏《ふ》せながらそう呟く柊さん。

「はい、その楽しくて仕方なくて沢山話している感じはとても可愛かったです」

「か、可愛い……!?」

俺の言葉に、柊さんは縮こまったまま驚いたような上擦った声を上げてこちらを向いた。

上目遣いにこちら見てくる彼女の頬は僅《わず》かに赤い。

それにしてもそんなにびっくりするようなことだろうか？　普段とのギャップを考えれば可愛いと思わない方がおかしいと思う。

「そうですよ。あんな彼女はなかなか見られるものではないですし、ちょっと子供っぽい感じで可愛かったです」

　普段の斎藤はかなり大人びた雰囲気《ふんいき》なので、あまりはしゃぐようなことがない。むしろ俺が本に夢中でいると呆《あき》れてため息を吐《つ》くくらいだ。そんな彼女が饒舌になる姿はちょっと幼くあどけない感じがして可愛らしかった。

　そんな彼女のギャップの魅力に、柊さんも共感してくれると思ったのだが、柊さんはちょっとむっと頬を膨らまして不満げだった。

「どうしました？」

「いいですか。その彼女さんが楽しそうにしていたのは、新しいところに出かけたからです。田中さんだって新しいところに出かけたらテンションが上がるでしょう？」

「はい、そうですね」

「でしょう？　誰だってはしゃいじゃうものなんです。だから、その彼女さんがはしゃいじゃったのは仕方のないことなんです。別に子供っぽくありません」

「は、はぁ……？」

　柊さんの気迫《きはく》に思わず圧倒《あっとう》されて頷いてしまう。どうやら、子供っぽい、という表現が気に入らなかったらしい。別に子供っぽいというのはほめ言葉だったんだが。

呆気にとられながら机に視線を落とすと、赤いイチゴが載った美味《おい》しそうなケーキが目に入った。

そういえば柊さんからもらったんだった。もらっていたことを思い出してケーキをフォークで一切れ掬《すく》う。そのましっとりとした柔らかさを感じながら、口に運び頬張《ほおば》る。

「ん！　美味しいです、このショートケーキ」

「そうですか。気に入ってもらえたならよかったです」

かなりおいしかったのでもう一口、とショートケーキに手を伸ばす。ちらっと柊さんの様子が気になり視線を送ると、彼女はじっとショートケーキを見つめていた。

「あの……食べますか？」

「いえ、それは田中さんにあげたものですから、大丈夫《だいじょうぶ》です」

「そうですか？」

遠慮《えんりょ》しているのだろうか？　とりあえずまた頬張って食べると、正面で柊さんが物欲しそうに羨望《せんぼう》の視線をこっちに向けてきた。

「あの、やっぱり、食べますか？」

「……では、一口だけ」

一瞬《いっしゅん》だけ迷うように視線をさまよわせたが、ほんのり頬を赤らめながら小さくつぶやく。

やはり食べたかったらしい。甘《あま》いものが好きとは、意外と女の子らしいところがあるんだな、と思いながら、お皿ごと柊さんの前に移動させる。

柊さんはおずおずとフォークを取り、一口掬い取ると、はっと何か気付いたようにつぶやいた。

「あ、そういえば、あーんはしないんですね」

「しませんよ。あんなの恥ずかしくてそうそうできません。あれは彼女だけです」

「ふふふ、そうですか。いい心がけだと思いますよ」

柊さんは満足そうにそう呟くと、ケーキを頬張って「ん、美味しい！」と微笑んだ。

ケーキを食べて「美味しい」と呟く柊さんの表情は、僅かに緩められ柔らかい。斎藤もそうだが、女子はみんな甘い物が好きらしい。柊さんがケーキを食べ終えるのを待って話を続ける。

「それで、彼女がデートを楽しんでくれたのは良かったのですが、肝心《かんじん》の積極的にいって意識させる作戦の方は、正直いまいちな結果で終わってしまいました」

「そうなのですか？」

「はい。柊さんが言っていた通り、彼女が想像以上に積極的にきて、意識させるどころか逆に意識させられてしまいました」

「ふふっ、そうですか」

俺が照れている姿でも想像して面白《おもしろ》くなったのだろう。口角を上げて柊さんは小さく笑《え》みを浮《う》かべる。

「それにしてもよく彼女が積極的にくるって分かりましたね？」

「え、えっと、それはあれです。やっぱりデートという特別なお出かけですから、彼女も頑張《がんば》ろうとするだろうと思ったので」

「なるほど」

若干《じゃっかん》声を細くしながら答える柊さんに、納得《なっとく》して頷き返す。

確かに、デートだからと俺が彼女に積極的になったように、彼女も同じことを考えていてもおかしくはない。もしそれが本当なら……。

(可愛いすぎるな……)

普段から自分に対して心を許してくれているのは感じているが、それとこれとは別だ。わざわざデートだからと頑張ってくれていたのだとしたら、これ以上嬉《うれ》しいことはない。

「どうしたんですか？　にやにやして？」

「え？　あ、いや……」

柊さんの指摘《してき》を受けて、自分の口元が緩んでいたことを自覚する。慌《あわ》てて手で口元を隠した。

「もし、柊さんの言うとおりに考えて彼女が頑張ってくれたのだとしたら嬉しくてつい……」

「そんなに嬉しいものですか？」

「そりゃあ、嬉しいですよ！」

不思議そうにこてんと首を傾げる柊さんに、思わず声が大きくなってしまう。

「普段の彼女はあまり積極的になることはないんです。それがわざわざ自分のために頑張ってくれるなんて、嬉しいに決まってますよ」

「そ、そうですか」

熱く語ったことにびっくりしたのか、声を上擦らせる柊さん。

「それに、そうやって頑張ろうとしていること自体が、可愛すぎますし」

「!?」

「頑張って彼女から手を繋いでくれたとか、想像するだけでにやけちゃいます」

「わ、わかりましたから。も、もう、大丈夫です」

「そうですか？　すみません、少し語りすぎました」

そう言いながら柊さんは肩《かた》をすぼめて小さく俯《うつむ》く。他人の恋愛話《れんあい》に照れたのか、薄《うっす》ら頬が桜色に染まっている。

（やってしまった……）

前にも同じようなことがあった。あの時も斎藤のことについて熱く語りすぎて柊さんを困らせてしまった。柊さんが聞き上手なせいか、どうにも柊さん相手だと語りすぎてしまう。もう少し気を付けないと。

冷静になり、ついさっきの行動を反省する。柊さんは切り替《か》えるようにこほん、と小さく咳払いをした。

「と、とにかく、田中さんが彼女さんの積極的な行動を喜んだことは分かりました」

柊さんは気持ちを落ち着けるためか、注文していたカプチーノに手を伸《の》ばす。

そのままこくりと一口飲んで机に置いたのだが、彼女の口元に泡《あわ》がついているのが目に入った。まるでお髭《ひげ》のように白い泡が上唇《うわくちびる》についている。

「えっと……唇に泡がついてますよ？」

「え……？」

一瞬、目を丸くして固まったかと思うと、ぼわぁっと頬を真っ赤に染めた。すぐに近くにあったナプキンを取り、口元を拭《ぬぐ》う。

「あ、ありがとうございます……」

「いえ、柊さんも抜けているところがあるんですね」

「今回が偶々《たまたま》なだけです。田中さんがあんなに熱く彼女さんのことを語るから……」

「それはすみません」

「まったくです。あんな惚気《のろけ》を聞かされたら、誰だって動揺《どうよう》します」

まだ熱が引いていないのか、頬をまだわずかに朱《しゅ》に染めたまま、柊さんは小さく息を吐く。すみません、惚気てしまって。

「それで、今回作戦が上手くいかなかったのでしたら、この後はどうするんですか？」

「うーん、それでもやっぱり、作戦は続けたいと思います。今度こそ彼女に意識させたいですし」

一度失敗したからといってあきらめる選択肢《せんたくし》はない。むしろ、今度は柊さんに加えて和樹の意見も参考にするとしよう。男子と女子両方の視点からどういう仕掛《しか》けがいいかアドバイスを受ければ、前より成功する確率は高くなるはず。

次こそは、と決意して真剣《しんけん》な視線を柊さんに向ける。すると柊さんは、ふっ、と不敵に小さく微笑む。

「なるほど。いいと思いますよ。でも彼女さんの方もまた積極的に来るでしょうし、照れさせられないようにしませんといけませんね？」

上目遣いにこちらを見つめる柊さん。その表情はどこかからかうような小悪魔《こあくま》な笑みにも見えた。

「今日はありがとうございました。また、次のデートを計画するときはよろしくお願いします」

「いいえ、こちらこそ、話を聞けて楽しかったですよ。では、また」

「はい、また」

柊さんと別れて自分の帰り道を辿《たど》っていく。既に辺りは暗く、冷えた風が頬を撫でる。ふと空を見上げれば、空気が澄《す》んでいるせいか透《す》き通った空に綺麗な星達《たち》が天にちりばめられていた。

斎藤side

（まったく、何回聞いても慣れない……）

田中くんの相談に乗るのは何度も経験したけれど、やっぱり照れてしまう。だってそうでしょ？　あんな真剣にいろいろ言われて照れない方がおかしい。まったく、田中くんは困った人。

『わざわざ自分のために頑張ってくれるなんて、嬉しいに決まってますよ』

田中くんの言葉を思い出して、また顔が熱くなってしまった。

もう！　積極的になったのは、た、確かに田中くんに意識してほしいからだけど……！

だからってあんなに嬉しそうににやけて……。

彼《かれ》の嬉しそうな顔が脳裏《のうり》に浮かぶ。普段のあまり感情の起伏《きふく》が感じられない表情とは違う、柔らかい表情。

出来るだけ平静を装っていたみたいだけど、それでも口元が緩んでしまったのは隠《かく》せていなかった。

手を自分から繋ぐのは確かに緊張《きんちょう》したし、ドキドキして平静を装うのに苦労したけれど、あそこまで喜んでくれるなら頑張った甲斐《かい》があった。あそこまで「可愛い」と言われるのは予想外だったけれど。

はぁ。小さく息を吐き、頬を両手で覆《おお》う。外は寒いというのに、全然頬の熱が冷めていかない。冷えた手のひらが妙《みょう》に心地《ここち》いい。

また相談で田中くんに照れさせられてしまったけれど、彼の話を聞けたのは良かった。デートを彼も楽しんでくれていたのが分かったし。

ついデートが楽しくて夢中になってしまったけど、彼も同じように楽しんでくれていたみたいで少し安心。

でも、私、そんなに子供っぽかったのだろうか？　田中くん的には褒《ほ》めているみたいだったけれど、『子供っぽい』はほめ言葉じゃない。十七歳の女子高生に子供っぽいは酷《ひど》いと思う。そもそもに私、そこまで大はしゃぎしていないし。……多分。

もし可能性があるとすれば猫《ねこ》カフェの時だろうか？

あの時は半分田中くんのことを忘れて猫さんに夢中になっていたから、それかもしれない。でも、あれは仕方ないと思う。流石にあんなに沢山《たくさん》の猫さんに囲まれたら、誰だってはしゃぐに決まっている。猫さん可愛い。

色々あったけれど、デートは本当に楽しかった。二人きりでデート前は緊張していたけれど、始まってしまえば楽しいことばかりで、本当に幸せな時間だった。今の関係が続いてほしいと思うくらいに。

外の寒さが気にならないくらいにぽかぽかとした気分で家路についた。

斎藤《さいとう》の家。静かな雰囲気の中、ページをめくる音だけが耳に届く。紙の擦《こす》れる音が心地《ここち》良《よ》い。ここ最近はデートのことで色々考える時間が多かったので、本だけに集中できる今の雰囲気が妙に懐《なつ》かしかった。

斎藤のおすすめの本を読み終え、現実に意識が戻《もど》ってきたところで、そっと隣《となり》に座る斎藤を横目に見る。

長い睫毛《まつげ》、宝石のような綺麗《きれい》な瞳《ひとみ》に透き通るような白い肌《はだ》。そしてぷるんと熟《う》れた紅《あか》い唇。見惚《みと》れるような綺麗な横顔は真剣な表情で本を見つめていた。

（随分馴染《ずいぶんなじ》んだよな……）

彼女の横顔を見ながら、そんなことをふと思う。図書館から始まり、彼女の家。そして向かいに座っていたのが、今では隣に座っている。

最初はそのことを意識し過ぎて、本に集中出来ず困ったものだが、人間というのは慣れるもの。斎藤が隣にいるのが最早《もはや》当たり前のようにさえ思う。まさか出会った当初は今のようになるとは思ってもみなかったが。

じっと斎藤の横顔を見つめていると、斎藤が本から顔を上げた。彼女のくりんとした瞳が俺《おれ》の姿を映すと、張《は》り詰《つ》めた真剣な表情を緩め、ふわりと優《やさ》しく目が細められる。

「どうかしましたか？　田中《たなか》くん」

「いや、なんでもないよ」

「そうですか？」

こてんと首を傾《かし》げながら斎藤は俺の手元に視線を落とす。

「もう、読み終わったんですか？　相変わらず本を読むの早いですね」

「まあな。今回も面白かった」

「それは良かったです。おすすめした甲斐がありました」

「斎藤が薦《すす》めてくる本はどれも面白いからな。自分では読まない種類の本もあるし、いつも助かっているよ」

「どういたしまして。次のおすすめの本、用意してありますよ」

「お、まじか。じゃあ早速読んでみるわ」

用意していてくれたらしい本を手渡《てわた》されて、思わずテンションが上がる。やはり新しい物語というのはそれだけで期待で胸が膨らむ。

それに斎藤のおすすめというお墨付《すみつ》きだ。きっと面白いに違《ちが》いない。

「斎藤は今、なに読んでいるんだ？」

「私ですか？　今は恋愛小説を読んでます」

「へー、そういうのも読むのか」

これまで斎藤から借りた本にはそういうジャンルの本はなかったので、意外だった。

「はい。最近興味が出てきたので試《ため》しに買ってみたのですが意外と面白いですよ？」

「そうなのか？　どんな話なんだ？」

あまり興味なさそうな斎藤が面白いというのだから相当なのだろう。内容がつい気になってしまう。

「まだ、私も最近読み始めたばかりなのでそこまで詳《くわ》しくないですけどいいですか？」

「ああ、読み進んでいるところまででいいよ」

「基本的には二人の男女の物語です。その二人が互《たが》いの秘密を知ったことで協力関係を築いて頑張っていくんですが、その過程でだんだんと互いに惹《ひ》かれていって……という感じですね」

「なるほどな。王道だが面白そうだな」

「はい。それで今読んでいるところは、そのいい感じになってきた二人とは別に、男の子と元から仲の良かった子が男の子の恋愛《れんあい》相談に乗っているうちにだんだんと惚《ほ》れていって……」

そこまで話して斎藤はピタッと言葉を止めた。急に固まり、目を大きく見開いている。

「……どうした？」

「は⁉　まさか、一ノ瀬《いちのせ》さんは天敵⁉」

「え？」

唐突《とうとつ》な『一ノ瀬』。少し大きめの声を上げた斎藤の言葉には意外な人物の名前が含《ふく》まれていた。

「あの、田中くんは一ノ瀬さんと前から仲が良いようですけど、まさか言い寄られていたりしますか？」

「え？　和樹《かずき》？」

急な変わりように圧倒されて上手く頭が回らない。なぜ急に和樹の名前が？

「田中くんが昔から仲が良い人っていうと一ノ瀬さんが該当《がいとう》するかなと思いまして」

「不本意ながらそうだな」

認めたくはないが、学校で一番話す人と聞かれれば、和樹と答えざるを得ない。ほんと、嫌《いや》だけど。

「それで、どうなんですか？　よく話しているみたいですが、田中くん言い寄られていたりしますか？」

「うーん……」

なぜ急に恋愛小説から話題が離れたのか。気になりはしたが、それ以上に斎藤がぐいぐい顔を寄せて急《せ》かされる。あまりの斎藤の剣幕に圧倒されそんな疑問は頭の片隅に追いやられてしまった。

とりあえず斎藤の質問について考える。自分としては教室では本を読んでいることがほとんどで自分から誰かに話しかけることは滅多《めった》にない。和樹と話すときも大抵《たいてい》は向こうがこっちに話しかけに寄ってくることがほとんどだ。

「まあ、確かに斎藤の言う通り、大抵は和樹が寄ってくるから話しているな」

「やっぱり！」

目を丸くして声を上げる斎藤。くりくりとした目が大きく見開かれる。

（一体どうしたんだ？）

さっきから斎藤の様子がおかしい。妙に焦っているような、驚いているような。急に本から俺へと話題が変わって、その時から斎藤の真剣さが増している気がする。

なんでこんな急に変わったんだ？　聞かれたから普通《ふつう》に和樹のことを答えただけなのに。

別に斎藤が驚くようなことは話していないはず。

俺と和樹が前から仲いいことは既に斎藤は知っているはずだし、現に斎藤の質問もどちらかというと確認《かくにん》する意味で尋《たず》ねているようだった。それなのになぜそこまで……。

そういえば、前にも同じようなことがあった。あれは斎藤のアルバムの写真を見ていた時だ。俺が呟《つぶや》いた言葉に反応して急に奥《おく》の部屋に入っていったかと思うとツインテールになって戻ってきたのだ。あの時も急に行動を切り替えていた。

結局あれは斎藤の勘違《かんちが》いで、俺がツインテールに興味を持っていると思ったからその姿を見せてくれたのだ。

そこまで思い出して一瞬何か引っかかった。

(うん?　勘違い?)

もともと集中すると周りが見えなくなりがちなので、その影響《えいきょう》もあるのだろう。斎藤はたまに暴走するように勘違いするときがある。

実際ツインテールの時がそうだ。冷静に考えればあんな何気ない呟きだけで、俺がツインテール好きと判断する理由がない。だがどうにも俺が関《かか》わると妙な勘違いをすることがあるらしい。

そう考えると、今斎藤が急に焦りだしたり驚いていたりするのも、何かおかしな勘違いをしているのが原因なのかもしれない。

斎藤が急に変わり始めたのがどこからか振《ふ》り返ってみる。まず最初本を読んでいるときはいつもの斎藤だった。静かだったし、互いに干渉《かんしょう》することなく本を読んでいたので間違《まちが》いない。

そのあとは読んでいる本の感想を語り合った。そこで斎藤が珍《めずら》しく恋愛小説を読んでいるというからその内容を聞いて……。

そう、あの時だ。斎藤が読んでいるところまでの内容を教えている途中《とちゅう》で急に話題を変えたのだ。

『いい感じになってきた二人とは別に、男の子と元から仲の良かった子が男の子の恋愛相談に乗っているうちにだんだんと惚れていって……』

斎藤が話していた内容を思い出す。確かここまで話して斎藤は何かに気付いたように態度が変わったのだ。はっと目を真ん丸くしていた。さらにこの後斎藤は妙なことを言っていた。

『まさか、一ノ瀬さんは天敵⁉』

天敵とは一体なんなのか。さっきはその後の斎藤の真剣な気迫に押《お》されて聞く機会を逃《のが》してしまったが、今冷静に考えてみればその意味は想像がついた。

本の内容では、いい感じのヒーローとヒロインに恋《こい》のライバル、つまりヒロインの天敵が現れたと言っていた。

秘密の関係を築く二人にさらに他の親しいヒロインと別の協力関係を築いたヒーローという状況《じょうきょう》。それはまさに俺と斎藤、そして和樹の関係と重なる。さらにその後に和樹を天敵と呼んでいたことを考えれば、斎藤の勘違いは……つまりそういうことだ。

（なんで、俺と和樹の間に恋愛関係が成立すると思っているんだよ……）

思わず心の中で小さくため息を吐く。

色々ツッコみたかった。男同士でそんなことあるわけないだろ、とか。どうしてそうなった？　とか。そもそも斎藤に好意を向けているのに他の人を見るつもりなんてない、とか。

勘違いするにしても流石にこれは勘弁《かんべん》願いたい。しっかり否定しないと。

「なあ、もしかして俺が和樹と恋仲《こいなか》になると思っていないか？」

「え⁉　な、なんでそれを……」

俺の言葉に慌ただしく瞳を揺《ゆ》らす斎藤。あまりにもわかりやすい。やはり俺と和樹のことを勘違いしていたみたいだ。

「あのさ、普通に考えて男同士でくっつくわけがないだろ。中にはそういう人もいるかもしれないが、俺は女子が恋愛対象だ。和樹もな」

和樹の女の子好きを知らないのか。あんなに有名なのに。言い聞かせるように語りかけると、斎藤は分かりやすく頬を赤らめて小さく肩をすくめた。

「た、確かに！　そ、そうですよね。私なんてことを……」

かぁっと朱に染めた頬を両手で覆い隠すようにして小さく呟く。少しは冷静になったのか、自分の勘違いに気付いたみたいだ。

「誤解が解けたようでよかったよ」

「えっと、はい。色々私が勘違いをしていたみたいで……」

自分がとんでもないことを考えていたことが恥《は》ずかしいようで、目を伏せて恥ずかしそうに耳まで真っ赤に染めている。もう少し言おうと思っていたが、これ以上は酷《こく》だろうと思ってやめることにした。

(ひとまずはこれでいいかな)

まさか男同士で恋仲になることを想定されるなんて思ってもみなかったが、とりあえずはもういいだろう。時々暴走することがあるとはいえ、男同士は流石にない。協力関係にあるからって理由だけでそこまでぶっ飛んだ発想になるとは斎藤恐《おそ》るべし。

大体協力関係という意味で、斎藤の読んでいる本に近い関係があるとすれば、それは……。

そこまで考えたところで斎藤が小さく呟き出したのでそちらに耳を傾《かたむ》ける。

「仲が良いからといって、流石に男子はありえませんよね。一体何を考えていたんでしょう、私……」

「まったくだ。せめて相談関係にあることと、女子であることが当てはまらないと」

そう言いながら一人だけその条件に当てはまる人がいるのを思い出した。もちろん俺としてはただの相談相手としか認識《にんしき》していないし、彼女《かのじょ》もそうだろう。だが、条件だけを見れば『柊《ひいらぎ》さん』は当てはまる。

そこまで考えたところで、またしても斎藤は急に驚《おどろ》いたような声を上げた。

「女子で相談関係…………。は！　そういうこと⁉」

目と口を大きく開けて、広げた右手で口元を隠すようにしている。

「そんなに驚いてどうしたんだ？」

「え⁉　そ、それはその……」

「ん？」

「な、なんでもないです！」

「いや、何でもないわけがないだろ。斎藤がそれだけ驚くなんて普通に気になるわ」

「ダメです。秘密です。私の頑張りが重要なので、これは私の問題ですから」

「……そうか」

頑《かたく》なに口を閉ざされ、それ以上追及《ついきゅう》するのを諦《あきら》める。流石に無理強《むりじ》いして聞くのは躊躇《ためら》われた。

だが、斎藤のあの反応の感じ、さっきの一ノ瀬と俺が恋仲になる勘違いをした時と似ているので、また妙な勘違いをされていないか心配だ。もしまた変な勘違いをしているなら、すぐに訂正《ていせい》しないと。

そうは思ってみても、今思い返しても特に勘違いするようなところはないように思う。ただ斎藤の勘違いを訂正していただけなのだから、他の勘違いを生む要素はないはず。

(まあ、変な勘違いをされていないならいいか)

斎藤は自分の問題だと言っていたし、俺に関することでないなら、これ以上気にしても仕方ないだろう。そう思い、まだ気になりはしたものの頭の片隅に追いやった。

ほっと小さく息を吐いて隣でどこか気合を入れた様子の斎藤を眺《なが》める。何かを考えているのか、少し真剣な表情だ。視線を地面へと向けていたが、ふとこちらに澄んだ綺麗な瞳を向けてきた。

「あの……早速ですが、田中くんは甘いものは苦手ですか？」

「いや？　普通に好きだぞ。一般的《いっぱんてき》な男子よりは甘いものは好きだと思うな。まあ、甘すぎるのは苦手だが。また、どうしたんだ、突然《とつぜん》？」

「いえ、少し気になったので」

質問するとそれだけ言ってプイッとそっぽを向いてしまう。

「？　それも斎藤の頑張らないといけないことに関することなのか？」

「えっと、はい、そうですね……」

どこか言いにくそうにしながらもこくりと頷《うなず》く斎藤。その頬はうっすら桜色に色づいている。唐突な質問、そして謎《なぞ》に恥じらう斎藤の様子が不可解で一瞬首を傾げるが、その理由はすぐに分かった。

（ああ、バレンタインか）

今は二月の頭なのであと半月ないくらい。今まで縁《えん》のないイベントだったので気にもしなかったが、確かに女子にとっては頑張る日だ。去年とか男子が散々騒《さわ》いでいた記憶《きおく》がある。多分だが俺にチョコを渡《わた》そうと考えてくれているのだろう。

今までバレンタインで浮かれる奴《やつ》の気持ちが理解できなかったが、確かにこう、クるものがある。

「苦手なお菓子《かし》とかありますか？」

「いや、特にないな」

「フルーツジャムとかドライフルーツとか苦手だったりしますか？」

「全然。むしろ果物系はなんでも好きだぞ」

「そうですか……」

ふむ、と顎《あご》に手を当てて真剣な表情で考えている斎藤。だがすぐにはっと何かを思い出したようにこっちを見た。

「言っておきますけど、本当にただの質問ですからね？　ほかに意図なんて一切ありませんから」

「……わかってる。ただ気になっただけだろ？」

「そうです。あまり田中くんの好みとか知らなかったので気になっただけです」

気になっただけの質問にしてはやけに具体的すぎるし、多いけどな。そう思いつつも心のうちにしまい込《こ》む。隠したいならもう少しやりようがあるだろう。斎藤は変なところで不器用だ。その後も沢山質問に答え続けた。

◆◆◆

斎藤の暴走から一週間ほどが過ぎて、もうバレンタインまであと数日となった。

ここまで近くなると色んな店でバレンタインのイベントコーナーを見かけるようになる。煌《きら》びやかに飾《かざ》られたチョコの箱が並べられていた。

あの日の斎藤の様子だとバレンタインにチョコを渡してくれそうなのでとても楽しみになっている。あともう少しで貰えると思うと、少しそわそわするのを抑《おさ》えられなかった。そんなバレンタインに期待を寄せながら今日はバイトをしていた。

「やっと落ち着きましたね」

「そうですね。今日は早めにピークが来ましたけど、無事乗り切れてよかったです」

お客さんの出入りが落ち着き、やっと一息をつけたところで柊さんと言葉を交《か》わす。

バイトを始めてからかれこれ半年近く経《た》ったが、もう随分《ずいぶん》と慣れた。これだけ多くのお客さんが来ても難なくこなせるし、柊さんに指導してもらうことは殆《ほとん》どなくなった。

あれからもうそんなに経ったんだなと、少しだけ感慨深《かんがいぶか》くなる。

「そういえば、田中さん。私の気のせいかもしれませんが今日は随分と楽しそうですね。何かあったんですか？」

「え？　あー、もうすぐバレンタインじゃないですか。それで実は例の彼女からバレンタインにチョコを貰えそうなので、それが楽しみで」

まさか、柊さんにバレるほど態度に出ていたとは。自分的には結構平静を装っていたつもりだったのだが。

「……なるほど、そういうことでしたか。でもどうしてチョコが貰えそうだと分かったんですか？」

「ついこの前、好みの味とか甘いものは苦手なのかとか、色々質問されたので。今の時期であることを考えればそうなのかなと」

「なるほど……それは気付くんですね」

何か言いたげな視線をこちらに向けて、柊さんは小さく呟く。

「えっと、どうしました？」

「いえ、なんでもないです」

「そうですか？　まあ、そんな感じで質問を受けたので多分貰えるんじゃないかと。……これで貰えなかったら恥ずかしいですけど」

ここまで期待して貰えなかったら、恥ずかしくて死ねる。まあ、流石《さすが》にそれはないと思いたい。

「そういえば、その質問をされた時なぜか急に聞いてきたんですよね。不自然に会話の流れを切る感じで。その不自然さのおかげでバレンタインのことは分かったんですけど、どうして急に聞いてきたんですかね」

「それは……。もしかしたらですけど、焦《あせ》ったからだと思いますよ」

「焦る？」

「他の女の子に取られるかもしれないと思って、居ても立っても居られず、みたいな」

やはりこういう話は慣れていないのだろう。柊さんはほんの少しだけ目を伏《ふ》せて言いにくそうにしながら、声を小さく教えてくれる。

「うーん。別にそういう相手はいないんですけどね。まあ、いいです。とにかくその彼女からチョコが貰えそうなので、それが楽しみなんですよ」

結局、斎藤のあの反応は謎のままだが、それよりも今はチョコの方が楽しみだ。あそこまで頑張って作ろうとしてくれるなんて、それだけで嬉しい。

ついこの先のことを考えてにやけそうになっていると、柊さんは少しだけ申し訳なさそうに眉《まゆ》を下げた。

「その、あんまり期待しない方がいいと思いますよ？　所詮《しょせん》は素人《しろうと》の手作りですから。スイーツを作るのに慣れていなくて、お店のものみたいな綺麗で美味しいものじゃないかもしれませんし……」

どこか心配で不安げな表情の柊さん。こんな不安そうな顔をするなんて珍しい。かなり実感の籠《こも》ったような声だし。

「もしかして、柊さんも誰《だれ》かに渡すんですか？」

「えっと、はい」

俺の予想は当たっていたようで、僅《わず》かに視線を左右に揺らしながらもこくりと小さく頷く。おそらく相手は以前話していたお世話になっている男子だろう。柊さんの話し振《ぶ》りからしてかなり親しいのはなんとなく想像がついた。

やはりこういうのは渡す側は緊張するものなのだろう。珍しく弱々しい柊さんの様子に再認識《さいにんしき》する。

相手の期待を裏切ってしまわないか。全然喜んでもらえなかったらどうしようか。相手の反応を考えれば不安にもなるだろう。そうなるのは当然だし、俺だって斎藤に贈《おく》り物をしたときはとても不安だった。

それだけ相手に贈るというのは難しい。でも、だからこそ、それでも贈ろうとしてくれる、その行為《こうい》だけで十分に相手に気持ちは伝わるのだ。

だから柊さんの言っていることを一つだけ訂正することにした。

「いいですか、柊さん。手作りは手作りだからいいんですよ」

「はい？」

「そういう不慣れなところがあっても全然いいんです。むしろ不慣れなところがあることが良いんですよ。そうやって慣れないことを頑張って自分のために作ってくれたっていうことが嬉しいんです」

つい熱く語ってしまう。

勿論《もちろん》美味《おい》しさや見た目も大事ではあるが、そこを重要視するなら店の物を買えば良い。それを敢《あ》えて手作りにするということは、その気持ちを伝えるということなのだ。相手のために頑張った、それが一番大事だと思う。

「だから、柊さんは安心して相手に渡してください。絶対喜んでくれますよ」

「……分かりました」

俺が真剣な視線を向け続けると柊さんはこくりと頷く。

だが、まだ何か言いたいことがあるようで、眉をへにゃりと下げて伏目《ふしめ》がちに上目遣《うわめづか》いでこっちを見上げてきた。

「……例えばですけど、田中さんはその彼女さんから見た目があまり良くないチョコを貰っても嬉しいですか？」

「勿論です。彼女から貰えるならどんな物だって嬉しいです。死ぬほど喜びますよ」

死ぬほどは言い過ぎかもしれないが、斎藤からチョコを貰えたなら、多分、というか絶対喜ぶ。その時のことを想像して、思わず笑《え》みが溢《あふ》れ出た。

「っ⁉　そ、そうですか」

俺の返事に柊さんは一瞬《いっしゅん》目を丸くすると、上擦《うわず》った声でそれだけ呟いて急に俯いてしまう。俯いた彼女の姿からは茜色《あかねいろ》に染まった耳たぶが覗《のぞ》いている。

「ちなみに何を渡す予定なんですか？」

「そうですね。あまりに甘《あま》すぎるのは苦手かと思いまして、一つはドライフルーツを載せた苦めのチョコブラウニーを。もう一つはオランジェットを渡す予定です」

「オランジェット？」

「オレンジを皮ごと砂糖で煮詰《につ》めたものをチョコでコーティングしたものです。柑橘系《かんきつけい》のさっぱりとした風味がして美味《おい》しく食べてもらえるかなと」

「へー、そんなお洒落《しゃれ》なものが」

初めて聞く名前だが、柊さんの説明を聞く感じ、かなり美味しそうだ。想像するだけで食指が動く。

「きっと気に入ってもらえると思いますよ」

「そうでしょうか？　田中さんなら貰って嬉しいですか？」

「もちろんです。初めて名前を聞きましたけど、美味しそうですから。きっと貰う相手も喜んで受け取ってくれると思います」

「そうですか」

俺の力説が通じたようで、柊さんは僅かに表情を緩《ゆる》めた。

◆◆◆

バレンタイン当日。校内にはどこか落ち着かない雰囲気《ふんいき》が漂《ただよ》っていた。

この時期になると、毎年似た雰囲気を味わう。互いに探《さぐ》り合ったり、気にしあったり。ある者は期待に胸を膨《ふく》らませて靴箱《くつばこ》を開け、またある者は何も気にしていない風を装いながら机の中をのぞき込む。そんな光景を校内の所々で見かけた。

そこまでしてチョコが欲《ほ》しいものかと、去年までは思っていたが、今ならその気持ちも分かる。バレンタインのチョコはそれだけの魅力《みりょく》を秘《ひ》めているのだ。現に斎藤からのチョコが楽しみで、放課後が待ちきれなかった。もちろんもらえない可能性もあるので少しだけ不安はあるが。

そんなことを考えながら教室移動で廊下《ろうか》を歩いていると、何人かの女子に囲まれて話している斎藤の姿を見かけた。余所《よそ》行《ゆ》きの貼《は》り付けた笑顔《えがお》はあまりに完ぺきで、相変わらず

作り物のように綺麗だ。

優し気《げ》に薄《うす》くほほ笑みをたたえる斎藤と女子たちが話す声が聞こえてくる。

「そういえば今日、バレンタインだよね」

「クラスの男子が物欲《ものほ》しそうにしてたよね」

「流石にあげないって」

「でも、彼氏《かれし》いるんだから彼氏には渡すでしょ？」

「それは、ね？」

「いいね。いいね。そういえば玲奈《れな》は誰かに渡すの？」

「それは気になるー」

どうやらバレンタインが話題になっているらしい。しかもまさに俺が今気にしていることで、思わず耳を傾けた。

「……いえ、特に渡す予定はないですよ」

「えー、もったいない。クラスの男子も斎藤さんからもらえるかも!?　って騒いでいたのに」

「いえ、男子は苦手なので……」

「まあ、そうだよね。玲奈っていつも男子を避《さ》けてるし。でもそうだから安心して一緒《いっしょ》にいられるところあるよね」

「ああ、分かる。玲奈って可愛《かわい》いから自分の好きな人を取られないか心配になるけど、玲奈がそういう感じだから安心して一緒にいられるー。しかも男子は寄ってきてくれるから出会いには困らないし」

「ちょっとぶっちゃけ過ぎだって」

甲高《かんだか》い笑い声とともにあまり面白《おもしろ》くないそんな言葉たちが耳に届く。少しだけ斎藤の様子を窺《うかが》えば、揺らがないほほ笑みがそのままあった。

（くそっ）

言いようのない苛立《いらだ》ちが心の底に積もる。斎藤が見た目で苦労していることは何となく察していたし、頭では分かっていたが、何も知らずに響くのんきな笑い声が煩《うるさ》かった。ぐっと握《にぎ》りこぶしに力をこめていると、肩《かた》を叩《たた》かれた。

「やあ、湊《みなと》」

「和樹か」

「どうしたんだい？　随分と険しい顔をしていたけれど」

「いや、なんでもない。相変わらず斎藤が人気なんだなと思っていただけだ」

これ以上彼女たちを見ていてもどうしようもないので、やむ無く視線を逸《そ》らした。

「ああ、そういうことね。確かに斎藤さんの人気は凄《すご》いよね。クラスの男子も斎藤さんのこと話題にしてた」

「話題？」

「斎藤さんからチョコをもらう男子がいないからいいけど、貰う男子がいたら羨《うらや》ましすぎるって」

まさか、そんな話になっていたとは。まあ、斎藤の人気を考えればそういう話になるのは納得《なっとく》だ。ただ、やはり、皆《みな》外側しか見ていないことにうんざりする。

「そのあたり、どうなの？　もらえそうな男子さん？」

「さあな。ついさっき、斎藤と女子たちの会話が聞こえてきたが、渡す予定はないってよ」

和樹の好奇《こうき》な視線に肩をすくめて見せる。すると和樹は分かりやすく息を吐《は》いた。

「それは、そう言うしかないでしょ。渡す相手がいるなんて知られたら騒ぎになるのは目に見えているし。湊もそれは分かってるでしょ？」

「そりゃあ、分かってるさ」

「実際のところは貰えそうなんでしょ？」

「恐《おそ》らく……って感じ。俺の自惚《うぬぼ》れでなければだけど。絶対はないしな。というか、よく斎藤が俺にチョコ渡しそうだと分かったな」

「そりゃあ、湊が普段《ふだん》と違ってそわそわしてるからね。教室で本を読まないでいるなんて滅多にないことだし」

「……なるほど」

和樹の言う通り、今日はチョコのことが気になって本に集中できず、何度も本から顔を上げることがあった。まさかそれを見られていたとは。

「和樹……お前、俺のこと見すぎだろ。俺のこと好きなのか？」

「いや、違うから！　あれだけ本しか読んでない人が休み時間中ぼんやり教室見渡《みわた》してたら、誰だって気付くでしょ。僕《ぼく》の友達も気付いていたし」

慌《あわ》てて否定する和樹。斎藤の変な妄想《もうそう》はちゃんと外れているようだ。一安心。

「そうなのか。でも、そういえば、この前バイト先の柊さんにも同じようなこと言われたし、分かりやすいのかもしれないな」

「へえ？　なに、どんなこと言われたの？」

俺の呟きに一瞬にやりと笑うと、和樹は分かりやすく目を輝《かがや》かせて食いついてきた。前もそうだが、どうやら和樹は俺と柊さんの会話を楽しみにしている節がある。

「さっき和樹に言われたみたいに、『なんだかうれしそうですけど何かいいことでもあったんですか？』って柊さんに聞かれたから、バレンタインが楽しみって話をしたかな」

「ふふふ、なるほどね」

「あとは柊さんも前にお世話になった人に渡すみたいで、手作りで下手でも大丈夫《だいじょうぶ》か不安そうだったから、手作りの素晴《すば》らしさを力説しておいた」

「そこまで⁉ ま、まあ、いいけどね。うんうん」

驚いたように素っ頓狂《すとんきょう》な声を一瞬あげつつも、すぐににやにやと笑って一人で頷《お》く和樹。相変わらず訳の分からないところに反応する奴だ。多分俺が手作りを好んでいることが可笑《か》しいと笑っているに違いない。

「そのにやけ顔はやめろ。別に手作りが良いって思うのは普通だろ」

「え、あ、うん、それはもちろん。まあ、それなら大丈夫。絶対斎藤さんからもらえるから安心して」

なぜそう言い切れるのか分からない。俺だって渡してくれるだろうとは思っているが、百パーセントはないのだ。確信してにやける和樹にそれ以上追及する気は失《う》せ、小さくため息を吐いた。

気持ちが落ち着かないまま迎《むか》えた放課後。とうとうこの時間がやってきた。待ちに待った時とはいえ、いざとなると、チョコが貰えるか不安になる。斎藤は渡す予定はないって言っていたし……。

和樹も言っていたように、友達に話を誤魔化《ごまか》すために仕方なく出た言葉だとは思うが、それでも貰えない可能性は否定しきれない。考えれば考えるほどドツボにハマりそうだ。拭《ぬぐ》えない不安を抱《かか》えたまま、いつものように斎藤と時間をずらして斎藤の家を訪《おとず》れた。もう慣れたはずの呼び鈴《りん》を押すのが妙《みょう》に緊張《きんちょう》する。ふぅ、と小さく息を吐いてチャイムを鳴らした。

「はい、どうぞ」

「お邪魔《じゃま》します」

ガチャリとドアが開いて、中から斎藤が現れる。学校で見た制服姿で僅かに黒髪《くろかみ》を揺らしながら、中へと案内された。

（いつも通りだな……）

特に変わった様子はない。バレンタインなどまるで意識していないようで、平然としている。斎藤は変わらぬ無表情のまま、いつもの定位置であるソファに座《すわ》ってしまう。机においておいた読みかけの本を手に取り、すぐに読み始めた。

あまりに普通。あまりにいつも通り。変わらない日常にどこか拍子抜《ひょうしぬ》けしながら、斎藤の隣《となり》に座った。

リュックから読みかけの本を出し、斎藤の横顔を盗《ぬす》み見る。相変わらずの綺麗《きれい》な瞳《ひとみ》に長い睫毛《まつげ》。その視線は彼女の手元の本に注がれ、本の文章を追うように上から下へと動いている。既《すで》に本の世界の中だろう。

（……まあ、そんなもんか）

思わず小さくため息が出る。そっと視線を斎藤から手元の本に戻《もど》す。

俺《おれ》が特別意識しすぎていただけだったみたいだ。一般《いっぱん》の人からすればそこまで意識するほどのことではないらしい。

よくよく考えてみれば去年の俺はそちら側で、バレンタインなど意識することなく冷めていたのだから、斎藤の平然とした様子は当然のものだろう。……ただ、少しだけ自分と斎藤の温度差が寂《さび》しかった。随分自分勝手な感情に慌てて頭を振る。すると、斎藤が不思議そうに首を傾《かし》げた。

「どうしました？」

「え？　あ、いや、なんでもない」

「そうですか？」

適当に誤魔化すが、斎藤はきょとんとしたままこちらを見続ける。話題を変えようと何かないか考えたときに、ふと昼間に学校で斎藤を見かけたことを思い出した。

「そういえば、昼間、斎藤のことを見かけた」

「え、いつですか？」

「多分、三時間目の休み時間だったかな。友達と廊下で話していただろ」

「ああ、あのときですか」

納得したように小さく呟く。

「いつもあんな感じなのか？」

「あんな感じというと？」

「あー、あんまり人を悪くは言いたくないんだが、斎藤の友人が不躾《ぶしつけ》というか失礼というか……。その、斎藤の見た目についてな……」

詳《くわ》しく知りもしない斎藤の友人について、あまり酷《ひど》いことは言いたくなかった。出来るだけ言葉を選んで濁《にご》しながら説明する。つい頬《ほお》をかいて視線を下げてしまった。

俺の言葉に斎藤は微妙《びみょう》に「……そうですね」と小さく苦笑《くしょう》を零《こぼ》す。なんと言ったらいいものか言葉に困っていると、斎藤は一度小さく息を吐いた。

「心配してくれてありがとうございます。でも私は平気ですので」

「そうか？」

「はい、別に彼女たちも悪い人ではないですし、それに女子はグループに属していないとなにかと面倒《めんどう》ですから。そこは割り切っています」

「なら、いいけど」

斎藤が問題ないというなら良いのだが、それでもあのとき見た貼り付けたような笑みが気がかりで心配してしまう。慣れているからと言って傷つかないわけではない。

何か元気づけられるような言葉をかけたかったがそれ以上かける言葉が思い浮《う》かばず、ただ斎藤を見つめてしまう。すると彼女は俺の心配を打ち消すように、ふわりと優《やさ》しく微笑《ほほえ》んだ。

「だから大丈夫ですよ、田中くん。田中くんがちゃんと私を見てくれているから、へっちゃらです」

丁寧《ていねい》な透《す》き通るような声が鼓膜《こまく》を震《ふる》わせる。こちらを見る斎藤の目をへにゃりと薄く細めた優しい微笑みは、なぜか眩《まぶ》しかった。

『信頼《しんらい》』。それを強く感じ妙に気恥《きは》ずかしく、「そ、そうか」とそれだけしか相槌《あいづち》を返せなかった。

(ったく……)

熱くなった頬を冷ますようにそっと息を吐く。小さく息を整えて熱を逃《に》がしていく。

不意打ちは勘弁してほしい。そんな表情を見せられれば照れずにいられるはずがない。

斎藤から視線を逸らし、なんとか平静を装って本に視線を落とした。

俺が本を読み始めたことで、斎藤もまた本の方に集中し始める。そっとその横顔を窺えば、いつもの無表情。先ほどの微笑みが嘘《うそ》みたいに思えてくる。

相変わらずバレンタインなど気にした様子はなかったが、さっきまで感じていた寂しさは薄れ、心置きなく本に集中できた。

一度本に集中すれば、あっという間に時間は過ぎていく。時計の時を刻む音。時々聞こえる本のページがめくれる音。指に吸い付く紙の感触《かんしょく》。心地《ここち》いい雑音だけが耳に届き、静かに流れていった。

読んでいた物語が一区切りついたところで、ほっと一息吐く。かなり集中していた。随分のめりこんでいた気がする。やはり面白い本だとどうしても時間を忘れてしまう。凝《こ》り固《かた》まった肩を解そうと伸《の》びをする。背中がぱきぱきと鳴る音を聞きながら隣に目を向けると、ぱちりと斎藤と目が合った。

だが、すぐにふいっと目を逸らされてしまう。

（なんだ？？）

内心で首を傾げる。こっちを見ていた気がしたが一体何だろうか？　斎藤も俺と同じく一度集中してしまえば周りが見えなくなるタイプなので、途中であまり俺のことを気にしたりすることは少ない。どうしたのだろう？　いつもと違《ちが》う斎藤の様子が気になった。

少しの間、なにか言いたいことでもあるのかと目を向けていると、また斎藤が横目でこちらをちらっと見てきた。だがまたしても目が合った瞬間《しゅんかん》、視線を手元の本に戻してしまう。

二度も目を逸らされれば、何かあるだろうことは流石に分かる。

「どうした？」

「え⁉」

俺の問いかけに分かりやすく動揺《どうよう》した声を上げる斎藤。そのまま「えっと……」と呟《つぶや》きながら頬を桜色に薄く染めて、瞳を困ったように揺らした。きゅっと持っている本に力が込められるのが分かる。

（ああ、そういうことか！）

こんな照れたような反応をされれば、斎藤の思惑《おもわく》はすぐに分かった。今日という日を考えれば、チョコを渡す機会を窺っていたに違いない。いや、おそらく、多分……。もしかしたらそれ以外の可能性もあるが、こんな動揺した姿を見せられれば他には思いつかなかった。というより、そうであると信じたかった。

バレンタインを特別視していたのが俺だけではないことに嬉《うれ》しくなる。分かりやすく顔を赤らめているいじらしい斎藤の姿に、思わずにやけそうになって慌てて顔を引き締《し》める。

危ない。危ない。にやけた顔を晒《さら》すところだった。

いつ渡してくれるのであろうか？　こちらから催促《さいそく》するのは野暮《やぼ》というものだし、いつ渡されてもいいように心構えて、本を読み進める。ときどき斎藤の様子を盗み見れば、ちらちらとこちらに視線を向けているのが目に入った。

（……ってそろそろ帰らないとまずいか）

しばらくの間、そんなことを続けていたが、本をパタンと閉じる。

僅かに頬を染めながらこちらを見てくる斎藤の様子はそれはそれで可愛く眺めていたかったが、時計を見上げれば夜の八時過ぎ。さすがにこれ以上斎藤の家にとどまるのはよろしくない。家に帰って晩御飯《ばんごはん》を作らないと。本をリュックに仕舞《しま》う。

「……八時過ぎたしそろそろ帰るな」

「え？　もうそんな時間ですか⁉」

どうやら斎藤は気付いていなかったようで、慌てたように時計の方を見た。そんな彼女を見ながらリュックを背負って立ち上がる。

「ん、じゃあ」

「あ、待ってください。玄関《げんかん》まで見送ります」

いそいそと斎藤も俺の後に続いて玄関まで来てくれた。座って靴《くつ》を履《は》いて立ち上がり斎藤と向かい合う。

「な、なあ……」

チョコについて聞こうと口を開くが、それ以上言葉が出てこない。もしチョコがただの俺の勘違《かんちが》いで斎藤には全く渡す気などなかったら？　勝手に期待して勘違いするのは恥ずかし過ぎる。情けなくも聞く勇気を持てなかった。

「どうしました？」

「……いや、なんでもない。じゃあ、また明日な」

「……はい、また明日」

名残惜《なごりお》しさに足が重かったが、なんとか動かして斎藤の家を出る。後ろ髪を引かれる感覚はありつつも、振《ふ》り返られない。バタンッと背中越《ご》しに扉《とびら》の閉じる音だけが響《ひび》いた。

「はぁ……」

マンション二階の斎藤の部屋からエントランスへ降りて、道へと出る。冷たい風が肌《はだ》を刺《さ》して痛い。そっと息を吐けば白い息が口から出た。

どうやらかなり冷《ひ》え込んでいるらしい。ぴりぴりと肌が痛い。そこまで考えたところでふと鼻になにかが触《ふ》れた。そっと空を見上げると既に暗くなった空から、ちらちらと雪が降り注いでいた。ひらり、ひらりと舞《ま》い散る花弁のように見えた。

（はぁ、チョコもらえなかった）

道路が薄く白色に染まっている中、一人ポツンと歩き始める。何度目か分からないため息がまた漏《も》れ出た。

こんなことならさっき聞いておけばよかった。聞いていたら、どちらにしてもここまでモヤモヤすることもなかっただろう。もしくはもっと斎藤にちゃんとチョコが欲しいことを伝えておけばよかった。

歩くたびに後悔《こうかい》が積み重なっていく。普通《ふつう》ならここまでへこみはしないが、もらえると期待していた分どうしても落ち込んでしまう。

俺は自惚れていたんだろうか。勝手にもらえると思い込んでいただけだったんだろうか。でも、だったらあの照れた斎藤の様子は……。

考えれば考えるほどに最後に聞く勇気すら持てなかった自分が情けなかった。

（はぁ……チョコ欲しかった）

「田中くん！」

「え？」

後ろから声をかけられて、慌てて振り返る。そこには防寒着を着ることなく、冬の制服に身を包んだ斎藤の姿があった。

「え？　さ、斎藤？」

あまりに予想外の出来事に頭が上手《うま》く回らない。え、これ、現実？

目の前の出来事を受け入れきれずにいる俺に、斎藤は持っていた紙袋《かみぶくろ》を両手で控《ひか》えめに差し出してきた。

「こ、これ、貰ってくれますか？」

震えて上擦った声。上目遣いにこちらを窺うので、潤《うる》んで揺《ゆ》れる黒の瞳と目が合う。不安げに眉をへにゃりと下げ、きゅっと口元を結んでいるのが目に入った。

さっきまで望んでいたことのはずなのに、いざとなると緊張してなにも考えられない。急すぎる。どんな反応をすればいいんだ。

なんとか「あ、ああ」とそれだけ絞《しぼ》り出して紙袋を受け取った。

受け取ると、斎藤は安堵《あんど》したように僅かに表情をほころばせる。だがすぐに今度は頬を紅潮させて、髪《かみ》を手でくしくしと梳《す》きながら小さく俯《うつむ》いてしまった。そのまま早口で声を上擦らせたまま呟き始める。

「その……見栄《みば》えはありしませんし、味の方も自信はありませんが、作ったなかで一番美味しいものを選んだつもりですので……。で、では失礼します」

「え、ちょ、斎藤？」

それだけ言い残して、とたとたと早足で去っていってしまい、その呆気《あっけ》なさに思わず見送ってしまう。ひらひら揺れる制服のスカートが見えなくなるまで立ち尽《つ》くした。

あまりに短い時間で夢みたいだが、確かに俺の手元には斎藤から受け取った紙袋がある。

黒を基調として金のラインが入ったおしゃれな紙袋。少し腕《うで》を動かすごとに、かさりと耳に届く音。重くはないが、軽すぎるわけでもない。程《ほど》よい重さが手に載っている。中になにかが入っているのは間違《まちが》いない。

（これって、やっぱり……）

今日、一日中期待していたもの。待ち望んだもの。

どのタイミングで渡してくるのか。どんな風に話しかけてくるのか。どんなものを贈ってくれるのか。想像して、妄想して、嬉しくなって、不安になって。それが今、手の上にある。こくりと唾《つば》を飲《の》み込んで、丁寧に袋を開く。

ああ、やはり。開いて中から見えたのは小袋と小さな箱。中身は分からなくともその雰囲気だけですぐに分かった。

（チョコだ）

小箱の上に一枚紙が置いてあり、取り出してみる。そこには斎藤の丁寧な文字でこう書かれていた。

『田中くんへ

一応田中くんの好みに沿ったものを用意したつもりですが、あまり慣れていないので期待に応《こた》えられなかったらすみません。少しでも気に入ってもらえたら嬉しいです』

先ほど渡《わた》された時に斎藤が零したセリフと同じようなことが書いてあり、なんとなく苦笑を零す。斎藤の気持ちが透けて見える。斎藤の不安げでそれでも渡してくれたいじらしい姿を思い出して、切なく胸が締め付けられた。

袋を閉じて早足で家へと進みだす。進むたび、家に近づくごとにチョコをもらった実感が湧《わ》き出してくる。さっきまで落胆《らくたん》していた気持ちはどこへやら。湧き出す嬉しさを発散するように早足で、出来るだけ急いで家へと帰った。

「ただいま」

息が切れ切れになりながら部屋へと入り、椅子《いす》に座って机に貰った袋を置く。そして丁寧に袋を開ければ、さっき見た二つの包みと手紙が入っていた。

小袋はシールで留めてあり、その隣にある箱はリボンで結ばれている。先程《さきほど》読んだ手紙を取り出して机に置き、次に透明《とうめい》な小袋の方を手に取った。袋は透明なので中はすぐに見えた。

（なんだ、これ）

中に入っていたのは、オレンジ色の透き通る棒状の物体にチョコが塗《ぬ》られたもの。おそらくオレンジだろうが、砂糖がまぶしてあるらしく白い粉がついている。オレンジと黒の対比が綺麗で、とてもおしゃれだ。

早速《さっそく》一口と、開けて食べてみる。細長いので非常に持ちやすく食べやすい。ふわりと、オレンジの香《かお》りと甘さが口の中いっぱいに広がり、その後にチョコのカカオの香りがゆっくりとやってきた。見た目通り、あまり甘くなく、フルーツの自然な甘さがとても生かされていて、とても美味しい。また一口と二本目を食べてしまった。

ゆっくり味わい食べ終えて、今度は箱の方へと注意を向ける。リボンをほどき箱を開けると、中からチョコブラウニーが姿を現した。

だが、ただのチョコブラウニーではない。その上にはドライフルーツや、ナッツ、ピスタチオなどが載っていて、鮮《あざ》やかに彩《いろど》られている。それはまるで宝石のようにも見えて、とても綺麗だった。

一瞬見惚《いっしゅんみと》れて固まってしまったが、気を取り直して、チョコブラウニーを切り分けようとする。だが既に一口大に切られており、斎藤の細かい気遣《きづか》いが窺い知れた。切られた一欠けらを口に入れる。苦めのカカオの香りと後からやってくるドライフルーツのほのかな甘さ。そしてナッツの歯ごたえがアクセントになっていてあまりに美味しく、つい口元が緩む。

斎藤は味や見た目を心配していたが、もう完璧《かんぺき》と言っていいほどの出来栄《ば》えだ。見た目も綺麗で味も美味しく、何より、以前聞いてきた俺の好み通りのものなので、それだけで斎藤がどれだけ俺のことを想《おも》ってくれているのか伝わってくる。

(まったく、いつも貰ってばかりだな)

彼女《かのじょ》の気持ちに少しだけ顔が熱くなり、誤魔化すように小さく息を吐いた。

気持ちを落ち着かせてもらったチョコに満足しながら、机に広げたチョコたちを紙袋にしまおうと中を覗く。すると、おそらく箱に隠《かく》れて見えなかったのだろう、もう一枚の手紙が入っていた。

ぺらりと手紙を拾い上げる。そこには斎藤の丁寧な文字が書かれていた。

『それと、いつも私自身を見てくれてありがとう。　斎藤玲奈より』

本来は箱の上にでも置いてあったのだろう。どうやらそれが下に潜《もぐ》り込《こ》んだらしい。紙には思いがけない感謝の言葉が書いてあった。

柔《やわ》らかく丁寧な文字で紡《つむ》がれた言葉の思いに胸が温かくなる。つい笑みが溢れ出た。

(それにしてもこのチョコ美味しいな)

貰った手紙を何度も見返しながら、また一つチョコを口に運ぶ。爽《さわ》やかな柑橘《かんきつ》の香りが口いっぱいに広がり、思わず顔が綻《ほころ》ぶ。甘すぎるものが苦手な自分であっても美味しく食べられるのだから相当だろう。貰えた嬉しさと共に噛《か》みしめて味わう。

口の中からチョコが無くなり、ふと貰った手紙に視線を向ける。斎藤からすれば軽いお礼の気持ちを伝えただけなのだろうが、それでも自分でもびっくりするぐらい嬉しさが胸の内に湧いていた。貰えなかったと諦《あきら》めかけていた反動もある。とにかく嬉しかった。思わず写真も撮《と》ってしまったし。

斎藤の几帳面《きちょうめん》さがよく出ていて、見栄えは凄くいい。力を入れて作ってくれたのが伝わってくる。斎藤が自分のためにわざわざ用意してくれたという、その事実は格別だ。

(やばい、にやける……)

時間が経《た》てば経つほど現実感が湧いてきて、口角が上がるのを抑《おさ》えられなくなる。普段の自分ならくだらないと一蹴《いっしゅう》するだろうに、自分のキャラじゃないと分かっていながらもにやけてしまう。

(そうだ、お礼を伝えないと)

貰ったときのことを思い出し、スマホを手に取る。渡されたのがあまりに急すぎてお礼を伝えるのを忘れてしまった。斎藤もすぐ家に戻ったので伝えるタイミングを逃《のが》していた。

別に次会うときに伝えればいいだけの話なのだろうが、今すぐに伝えたい。一言だけでもお礼を言っておこう。

『チョコありがとう。凄い嬉しかったし、めちゃくちゃ美味しかった』

無骨すぎるような気もしたが、変に具体的に伝えようとすると、今の嬉しさや思いが伝わってしまいそうで、それ以上文字を打つのを止める。こんなににやけて喜んでいるのを知られたら、引かれてしまうかもしれないし。

送信ボタンを押《お》すと、すぐに既読《きどく》が付いた。

『お口に合ったならよかったです。日持ちはしないので早めに食べてください』

律義《りちぎ》というか、真面目《まじめ》というか。斎藤らしいといえば斎藤らしい淡々《たんたん》とした文章。画面越しに透けて見える澄《す》まし顔に苦笑が零れる。本当に美味しかったのだが、その想いが伝わったかは微妙だ。一応伝えたので、とりあえずはいいだろう。ちゃんとした気持ちは次会うときに伝えればいい。

撮影《さつえい》したチョコの写真をチェックしながら、また一本手に取る。本当に気に入った。見た目も宝石みたいで綺麗だし。摘《つ》まんだオレンジのチョコを眺《なが》めて、ふと疑問が浮かぶ。『オレンジ、チョコ』と検索《けんさく》する。

ああ、やっぱり。調べたところによると、この綺麗なチョコがオランジェットらしい。

柊さんから聞いていた説明を思い出して、もしかしたらと思ったのだが予想通りだった。

確かにこれだけ綺麗でおしゃれなものなら、人に贈《おく》ろうと思うのも頷《うなず》ける。斎藤と柊さんでチョコが被《かぶ》るなんて、珍《めずら》しい。もしかして流行《はや》っているのだろうか。

そこまで考えたところで妙な感覚が頭をよぎった。……あれ？　待てよ？

この前の柊さんとの会話を再生する。あの時、確か柊さんはオランジェットともう一つチョコブラウニーを渡すと言っていた。机の上に視線を滑《すべ》らせる。斎藤から貰《もら》ったもう一つのもらい物。ドライフルーツの載ったチョコブラウニー。

（え？）

柊さんが好きな人に渡すと言っていたものと同じものだ。二つとも被るなんてことあるのだろうか。

ただの奇跡《きせき》。そう片付けることも出来た。むしろそれ以外の可能性なんて無いに等しい。あり得るはずがない。それなのに妙な違和感《いわかん》が頭から離《はな》れない。何かを見落としている。そんな気がする。

一体なんなのか。顎《あご》に指を添《そ》える。もし、偶然《ぐうぜん》以外の何かがあるとするなら。例えば柊さんと斎藤が知り合いで、渡すものを教えあったとか。あるいはさっきも考えたように、両方とも今年の流行だから、とか。ただ、そんなに流行しているとは聞いたことがない。

あとあるとすれば……。

そこまで考えて、斎藤から貰った手紙が目に留《と》まった。手紙を入れるという話を柊さんは言っていなかったので、そこまで被っているかは分からない。だが、もし入れていたとしたら、貰った相手は喜んだだろう。俺でさえ、こんなに嬉しかったのだから。もう一度手紙を読み返して、最後の斎藤の名前まで読む。

(斎藤玲奈、か。ん？　玲奈？)

普段苗字《ふだんみようじ》でしか呼ばないので、下の名前はほとんど意識したことがなかった。もちろん下の名前が玲奈ということ自体は把握《はあく》していたが、呼ぶ機会がなければ忘れてしまう。異性を名前呼びだなんて、俺にはハードルが高すぎる。どんなタイミングで呼べと？

いや、そうじゃない。

(確か、柊さんって下の名前、れなだった気が……)

バイト先の人は基本全員苗字で呼ぶし、ネームプレートも苗字だけなので下の名前が分からない人が殆《ほとん》どだ。なかには舞《まい》さんみたいに同じ苗字だからと下の名前で呼ぶ人もいるけど、それ以外は苗字しか知らない。

ただ、柊さんはバイトを始めて最初の指導担当だったし、何より最初の自己紹介《しようかい》で、斎藤と同じ名前だとなんとなく思った記憶《きおく》がある。そこまで珍しいわけではないが、知っている人と同じ名前だったので薄ら印象に残っていた。

斎藤も柊さんも下の名前が同じで、今回貰ったものも同じ。そんな偶然あり得るのか？

斎藤の家庭の事情。その辺りも考えれば、苗字が違う理由もありえなくはない。

それまで積み重なった記憶が繋《つな》がり始める。思い返してみると、柊さんに斎藤の話をしているとき、やたらと挙動不審《きょどうふしん》になることがあった。単に他人の惚気《のろけ》話を聞くのが恥《は》ずかしいタイプだと思っていたが。もしかして……。

その他にも柊さんの話を斎藤にしたとき、意外にすんなりと受け入れて聞いていたし、和樹に至っては、柊さんとの相談の話を聞かせているとき妙ににやにやしていた。

「いや、え？　本当に……？」

過去を振り返れば振り返るほどに、一つの結論に行きつく。信じられないし、信じたくもない。もし、これが事実なら、俺は本人に惚気ていたことになる。笑顔が好きだの、素っ気ない所が可愛いだの、あれこれ言ったこと全部、本人に伝わっているということだ。

普段斎藤の前で隠していた本音が知られていたなんて恥ずかし過ぎる。可愛いとか、好きとか、本人にバレないことをいいことに好き放題言っていたが、本人に伝えていたら、それは最早《もはや》口説いているのと同じじゃないか。え、死ぬんだが？

認めたくはない。まだ確信したわけではない。明日確かめる必要もある。けれど、ここまで揃《そろ》えば、俺の想像が間違っているとは思えない。

「嘘、だろ。まじか……」

思わず顔を手で覆《おお》う。

――俺は知らないうちに学校一の美少女を口説いていたらしい。

目覚まし時計の高い電子音が鳴り響く。重たい瞼《まぶた》をなんとか開けて、目覚ましを止める。カーテンの隙間《すきま》から差しこむ日差しは既に明るいが、布団《ふとん》から抜《ぬ》け出すのが億劫《おっくう》なほどに眠《ねむ》い。

昨日は衝撃《しょうげき》の事実のせいで恥ずかしくて死にたくなっていた。そのせいで結局明け方まで全く眠れなかった。本音を言えばもっと寝《ね》ていたいところだが、今日はバイトが午後から入っている。それに柊《ひいらぎ》さんの正体が本当に斎藤《さいとう》なのかも確認《かくにん》しなければならない。

「あぁぁぁ」

一晩経って多少は落ち着いたが、未《いま》だに信じられない自分がいる。むしろ俺の勘違いであってくれ。

布団を両手いっぱいに抱《だ》きしめて顔を埋《うず》めて思わず叫《さけ》ぶ。そうしないともうどうしようもなかった。何してんだよ、過去の俺。普通すぐ気付くだろ。人に興味がない弊害《へいがい》がこんなところで出るとは。これまでずっと気付かないとか馬鹿《ばか》なのか？　むしろもうずっと気付かないでいたかった。気付かないなら最後まで気付くなよ。

声にならない雄叫《おたけ》びを一しきり上げて、ようやく顔を上げる。

夢であってほしい。今から寝たら覚めないだろうか？　きっとここは現実じゃないに違いない。きっとまだ夢の中。うん、そうに違いない。

「はぁ、死にたい」

心の中で言い訳がましく呟いてはみたものの、なんにも現実は変わらなかった。薄暗《うすぐら》い部屋の中、仕方なく体を起こしてカーテンを開ける。寝不足《ねぶそく》の自分にはかなり眩しい。

とりあえず出かける用意を始める。もうお昼近い。そろそろ用意しないと、間に合わなくなる。適当にトースターにパンを入れて、焼けるのを待つ。ソファの背もたれに寄りかかり、じりじりとしたトースターの音を聞く。

これからバイトに行くわけだが、どうやって確認しよう。いきなり尋《たず》ねるか？　それともさりげなく探《さぐ》る感じで行くべきか？

そもそも斎藤はどうして正体を俺に打ち明けてくれなかったのか。もっと早く言ってくれれば、こんな恥ずかしい思いをせずに済んだのに。

いや、よくよく考えてみれば、打ち明けるタイミングがないか。出会った頃《ころ》はほぼ他人だったから、わざわざ打ち明ける理由もないし、親しくなってきた頃には、俺が惚気ていたはずだから、言い出しにくかったに違いない。俺だってそうなる。一応俺も変装しているが、名前は同じだし、斎藤の方は気付いているよな？

色々聞きたいことはあるが、とりあえずは行ってみてから。そう決めて用意を進めた。

裏口からお店に入り、制服に着替《きが》える。どうやら今日は空いているようで、店内から聞こえてくる喧騒《けんそう》がない。静かでゆったりしている。これなら、多少は楽できそうだ。寝不足な自分にとって都合が良い。休憩室《きゅうけいしつ》に入ると、丁度ご飯を食べている柊さんがいた。

「っ……」

ごくりと唾を飲む。まさかいきなり話す機会が訪れるとは。今日柊さんがシフトに入っているのは知っていたけど、こんなすぐにとは思ってもみなかった。

柊さんは小さめのお弁当箱からご飯を掬《すく》いながらこっちを見上げる。

「お疲《つか》れ様《さま》です。田中さん」

「お、お疲れ様です」

自然ないつも通りの挨拶《あいさつ》。柊さんに不自然な所はない。とりあえずパソコンで勤怠を付ける。

「休憩中ですか？」

「はい。今日は空いているから休憩してきていいって店長さんに言われたので」

箸《はし》でご飯を掬って一口頬張《ほおば》る柊さん。部屋の時計を見るとまだ勤務五分前なので、柊さんの正面の椅子に座る。

スマホを見るふりをしながら、こっそり柊さんの様子を窺《うかが》う。黒縁《くろぶち》の眼鏡にかかるほどの長めの前髪《まえがみ》。後ろで結ばれたポニーテール。感情の読み取りにくい澄ました表情。どれももう見慣れたはずのもの。もともと他人に興味を持たない性質なので意識してまじまじ見たことはなかった。何度も見てきたはずなのに。どうして気付かなかったのか。

ぱっと見は地味で印象に残らないが、よくよく見てみれば、睫毛は長く、肌もきめ細かい。髪も気を遣《つか》っているようで、結ばれた髪に傷《いた》んだ箇所《かしょ》は無く、絹のように滑《なめ》らかに揺れ動いている。なにより、しっかりと意識して見てみれば、柊さんのその顔は間違いなく斎藤のそれだった。

「あの、どうかしましたか？」

「え、あ、いや……」

（どうかしましたか？　じゃないだろ）

小首を傾げて見つめてくる。ああ、まったく。不思議そうなきょとんとした瞳は、間違いなく同じだ。

これはもう聞くべきか。俺の勘違いということはないだろう。ここまで確信して間違っているはずがない。尋ねてきちんと斎藤の正体に気付いたことを伝えなければ。

（いや、待てよ？）

そもそも今のこの状況《じょうきょう》は斎藤が始めたことだ。斎藤にも事情があっただろうし、言いにくかったのはあるだろうが、俺の本音を聞き出していたことは間違いない。別に嫌《いや》ではないが、やはり死ぬほど恥ずかしい。多少は仕返しもしたくなる。今の状況、利用できないだろうか？

「田中さん、昨日はバレンタインでしたが、どうでした？　チョコは貰えましたか？」

「ええ、なんとか。別れる直前に渡されました。それまでもう貰えないかと思っていたのでびっくりしましたよ」

「何を貰ったんですか？」

「オランジェットとチョコブラウニーでした」

「へぇ。それはまた。私が渡したものと同じですね」

「ええ、そうですね」

柊さんの言葉にしっかりと頷く。同じも何も本人だろ。

「……えっと、それだけですか？　一緒《いっしょ》だったんですよ？」

「ええ。凄《すご》い偶然ですよね。やっぱりお洒落《しゃれ》なものだと被ることもあるんですね」

わざと惚《とぼ》けてみせる。今の反応で斎藤の計画がなんとなく掴《つか》めた。

斎藤は元々バレンタインのチョコで俺に柊さんの正体を気付かせるつもりだったらしい。そりゃあ、そうだろう。これまで別人のふりをしていた奴《やつ》が、同じチョコを渡すなんてミスをするはずがない。故意でもなければ。

言いにくいなら、気付かせようと考えたのだろう。斎藤の計画自体は成功したと言っていい。こうして気付いた。本来なら、ここで俺が気付いたことを述べて、それで一件落着。そう斎藤は計画していたはずだ。だが、ここで認めてなるものか。仕返しするには、ここで俺が気付いていないことにしておいた方が都合がいい。

柊さんはぱちくりと瞬《まばた》きして、「そうですね……」と小さく呟く。そしてきゅっと唇《くちびる》を引き結び一度口を閉じる。

「……その、貰ったチョコは美味《おい》しかったですか？」

上目遣いに窺う視線がこちらを向いた。

「はい。それはもう。チョコブラウニーはドライフルーツがアクセントになっていて美味しかったですし、オランジェットなんて初めて食べましたけど、甘《あま》さと酸味がいい塩梅《あんばい》で凄く気に入りましたね。美味しすぎて昨日の夜のうちに全部食べちゃいましたよ」

「そうですか」

じっと真剣《しんけん》だった表情を僅《わず》かに綻ばせる柊さん。口もとには笑《え》みが小さく浮かんでいる。実に分かりやすい。

俺の反応を探っているのはもう分かっていたが、きちんと感想を伝えた甲斐《かい》がある。昨日チョコを渡されたときに不安そうにしていたので、これで安心してもらえただろう。実際褒《ほ》めるところしか思いつかないほど完成度は凄いものだったし、お世辞でもなんでもない。

「そんなに気に入ったんですね。それなら彼女さんもきっと喜んでいると思いますよ」

「そうですかね？」

「はい。もちろんです。好きな人が自分の手作りチョコで喜んでくれたなんて、嬉しいに決まっています」

お、おう。危ない。慌《あわ》てて顔を逸《そ》らす。目を細めて微笑む柊さんがあまりに眩しい。そんなに急に笑みを浮かべるんじゃない。俺が斎藤の笑顔《えがお》が好きなのを知っていてやっているのか？　これは聞いているこっちが照れそうだ。

最近は素直《すなお》になりつつある斎藤だが、ここまで真っすぐに本心を伝えられたことはない。

流石《さすが》に心臓に悪い。狙《ねら》い通り斎藤の内心を知ることは出来たが、ここまでとは。好きな人の本音を知れる機会なんてそうそうあるものではない。確かに斎藤が色々聞いてきていたのも頷ける。まあ、これからは俺が聞く番だが。

「柊さんはチョコ無事に渡せたんですか？」

「はい。なんとか。緊張《きんちょう》しましたけど、頑張《がんば》って渡しました」

「柊さんでも緊張するんですね」

「そうですね。ある程度は喜んで受け取ってもらえると分かっていても、どうしても不安になってしまって」

柊さんは目を伏《ふ》せて控えめに囁《ささや》く。渡されたときの様子からなんとなく察してはいたが、やはり直接聞くのとは違う。自分に対してそれだけ強く想ってくれているのが分かるので、いじらしいというか、とにかく可愛《かわい》い。やばい。これはハマりそうだ。

「やっぱり、渡すのを躊躇《ためら》って渡すのが遅《おそ》くなってしまったり？」

「えっと、はい。よく分かりましたね」

「なんとなくそうなのかなと」

「渡すタイミングが全然掴めないし、これまで同い年の男子にチョコを渡したこともなかったので、もうどんな感じで渡したらいいか分からなくて大変でした」

分かりやすく息を吐《は》く柊さん。彼女の気苦労が窺い知れる。どうやら渡すのが別れ際になったのには理由があったらしい。確かにあの日の斎藤は、何度もこっちをチラ見してきたりと挙動不審なところがあった。まさかそんなことを気にしていたとは。

「本当はもっとスマートに渡す予定だったんです。さらっと軽い感じで受け取ってもらおうと思っていたのに、結局半ば押し付けるような形になってしまったので、そこだけは向こうがどう思っているのか……」

「絶対大丈夫《だいじょうぶ》ですよ」

「え？」

きょとんと目を丸くする。しまった。ついはっきりと言ってしまった。思い悩《なや》む姿なんて滅多《めった》に見ないし、その悩んでいる原因が自分なんてフォローするしかない。それにそれだけ自分のことを考えてくれているというのは、普段《ふだん》の斎藤から全然想像がつかないことなので、しょんぼり落ち込む姿が不謹慎《ふきんしん》だと思いつつも少し嬉しかった。

「渡し方なんて関係ありませんよ。それだけ悩みながらも渡してくれたこと自体が嬉しいんです。その気持ちが相手にも伝わっていますよ」

「そうでしょうか？」

こちらの様子を探る視線が向けられる。不安そうに瞳《ひとみ》を揺らす様子に、さらに想いを伝えたくなる。

（大丈夫。今は俺が柊さんの正体に気付いていないことになっているんだから、多少らしくないことを言っても問題ないはずだ）

出来るだけ動揺が顔に出ないように、ゆっくり息を吐く。

「自分も別れ際に渡されたんですけど、その時の彼女、とても可愛かったですから。渡された時は驚《おどろ》きの方が大きくて彼女の様子にまで気を配る余裕《よゆう》がなかったので気付かなかったですけど、今思い返してみれば緊張しながら渡してくれたのが分かりますし、それだけ一生懸命《いっしょうけんめい》に作って緊張しながら渡してくれたんだなって思ったら胸が一杯《いっぱい》になりました」

「そ、そうですか」

「だから相手の人も全然気にしていないと思いますよ」

「わ、分かりました」

顔を赤くしてこくこくと頷く。よくよく見れば耳まで赤い。自分も若干《じゃっかん》顔が熱いが、幸い柊さんは動揺していて気付いた様子はない。これまでの知らないうちに伝えていた時とは違い、わざと伝えてみたがここまで照れられるとは。普段の余裕たっぷりな斎藤とは大《おお》違《ちが》いだ。……可愛すぎないか？

今も照れた余韻《よいん》が抜けないようで、顔を俺から逸らしながら髪をくりくりと弄《いじ》っている。完全に目の前のお弁当のことなど抜けている。

慣れないことをしたが、こんな様子の斎藤が見られるなら、このまま続けてみるのもいいかもしれない。もうちょっとこの余裕のない斎藤の姿を見ていたい。ちょっと楽しいし。

「顔が少し赤いですけど、大丈夫ですか？」

「え⁉ だ、大丈夫です。少し部屋が暑くて顔が火照《ほて》ってしまっただけですので」

慌ただしくぱたぱたと顔を扇《あお》ぎ始める。上手く誤魔化《ごまか》したつもりなのだろうが、声は上擦《うわず》っているし、普段の冷静さが全くない。あまりに分かりやすく動揺《どうよう》している。斎藤の変な不器用さがこんなところでも出ている。

もちろん部屋の暖房《だんぼう》がそこまで暑いわけでもない。それなのに頬《ほお》を桃色《ももいろ》に染めて、熱を逃《に》がすように扇いでいるのだから相当なのだろう。確かに普段、面と向かって言えるセリフではないわけで、その本音を知れる破壊力《はかいりょく》はかなりのものだ。

扇がれた風で、柊さんの前髪はゆらゆらと揺れる。朱《しゅ》に染めた顔で流し目にこっちを見てくる姿が妙《みょう》に色っぽい。何度も手を往復させた後、ようやく一息吐く。少しは落ち着いたらしい。

「田中さんがどれだけ渡されて嬉しかったかは分かりました。田中さんの言う通りなら、少しは安心できます」

「はい。安心してください。それだけ頑張っていたなら気持ちは伝わっているでしょうし、渡し方なんて些細《ささい》なことですよ」

「ならいいんですけど」

「やっぱりチョコを作るのは大変でしたか？」

「かなり大変でした。料理なら普段からするので慣れているんですけど、スイーツは手間もかかるし、誰《だれ》かに渡す機会もなかったので、滅多に作ったことがなかったので、そこは大変でしたね」

「勝手なイメージですけど、凄く難しそうです。オランジェットとか特に」

あれだけ拘《こだわ》って作ってあったのだ。かなりの時間と手間はかかっているはず。その上慣れていないものでお店の商品並みの綺麗《きれい》さを出しているのだから尚更《なおさら》だ。

「いえ、難しくはないですよ。基本的にレシピ通りに作るだけですので」

「その発言が既《すで》に出来る人の発言ですよ、柊さん」

さらっと言っているが、それが出来ない人は沢山《たくさん》いるのだ。俺とかな。焦《こ》がす自信しかない。

「コツは分量通りにしっかり量ることです。量と種類さえ間違えなければ、基本的に失敗はしませんよ」

「そうなんですね」

「今回の場合は綺麗にするために何回か作り直しましたけど」

「やっぱりそこは拘るんですね」

「当たり前です。好きな人には一番綺麗なものを渡して喜んでほしいじゃないですか」

「そ、そうですね」

お、おう。思わず顔に力を込める。不意打ちは勘弁《かんべん》してくれ。思いっきり反応しそうになった。そこでその発言はずるいだろ。急にデレるのはほんと心臓に悪い。斎藤の内心が知れて楽しかったが、まさかこんな弊害があるとは。

柊さんには特に気付いた様子はない。さらにノリノリで話し続ける。え、ちょっと？

「作っているときは相手がどんな反応をしてくれるか楽しみで、つい何回も作り直しちゃったんですよね。びっくりしてくれるかな？　とか。喜んでくれるかな？　とか。色々予想してたんです。結局反応を見ている余裕はなかったんですけど、別れた後に『嬉《うれ》しかった』とメッセージが来て、ほんとあの言葉だけで渡せてよかったと思いました」

「っ〜〜〜」

も、もう勘弁してくれ。聞いているこっちが身悶《みもだ》えそうだ。なんとか反応しないように堪《こら》えているものの限界が近い。いつになく柔らかな笑みを湛《たた》えて華《はな》が躍《おど》るように語る姿は、あまりに刺激《しげき》が強い。いつもの素っ気なさはどこに行った。ツンデレ機能しろ。思わず席を立つ。

「そろそろ、時間なので先に行きますね」

「？　もう時間ですか。私も後から行きますのでよろしくお願いしますね」

「は、はい。では」

柊さんに顔を見られないように休憩室を出る。扉《とびら》を閉め、壁《かべ》に体を預けてようやく一息。

「はぁ」

自分の胸に手を当てると、心臓がどくどくと鳴っているのが分かる。深呼吸を何度か繰《く》り返してはみるものの、まだ落ち着きそうにない。顔の熱も抜け切れておらず、まだほんのり頬が熱い。これは、確かに凄いな……。

頬を両手で一度ぱちりと叩《たた》く。痛みでなんとか平静を取り戻《もど》しながら、仕事に向かった。

斎藤side

ぱたんと閉じた扉。急に出て行ってしまった田中くんを見届けて、ようやく目の前のお弁当箱に視線を戻す。休憩室に静けさが戻り、私の呼吸音だけがやけに大きく聞こえる。

（もう時間でしたか）

壁に掛《か》けられた丸型の時計の黒い針は二時ぴったりを指している。いつの間にか時間が経っていたみたい。田中くんと話すとどうにも時間が過ぎるのが早い。ぱくっと弁当の端《はし》に残るご飯を食べる。ぼんやりと前を眺めると、正面にはさっきまでいた田中くんがいなくなり、乱雑に積まれた書類といくつかの従業員の荷物が見えた。ふとさっきまでの田中くんとの会話が脳裏《のうり》に蘇《よみがえ》る。

（チョコ、気に入ってもらえたみたいでよかった）

昨日の夜にも「美味しい」とコメントはもらっていたけれど、直接聞くのとは違《ちが》う。本当に嬉しそうだったし、あそこまで饒舌《じょうぜつ》に語る田中くんはなかなか見られない。……うん。本は別として。

とにかく、喜んでもらえたなら、私も頑張った甲斐がある。材料の準備から始まり、満足のいく見た目になるまで。なかなか大変だった。渡すまでは本当に渡していいか不安だったけれど、やっぱり渡してよかった。

「それにしても……」

思わず、ため息が漏《も》れ出る。わざと渡すチョコの種類を柊と同じにしたのに、どうして気付かないの？　鈍感《どんかん》すぎない？　私としてはかなり良い作戦だと思ったのに。

前々からいつ私の正体を明かすかは悩んでいた。こうして田中くんの本音を聞けるのは楽しいし、いつも褒めてくれるから嬉しいけれど、罪悪感もある。

最初は、ちゃんと言おうと思ったけれど、ここまで関係が続いてしまうと、どうにも自分からは言いにくい。だってわざわざ自分から「あなたの本音全部聞いていました」っていうようなものだし。

その時田中くんがどんな反応をするのかは想像がつかない。自分の好意が好きな人本人に知られていたらどうする？　私なら恥ずかしくて死ねる。もうどう顔を合わせていいか分からなくなる自信しかない。

田中くんがどう感じるかは分からないけれど、少なくとも平常心ではいられないだろう。そんな事実をさらっと伝える自信が私にはなかった。

結果として考えた方法が、田中くんに気付いてもらうというもの。珍しい種類のチョコが二つとも同じで、渡すタイミングまで同じになれば流石に気付くだろう。気付いて正体を確認してきたら、素直に認めて謝《あやま》ろう。そう思っていた。

それなのに、なんで気付かないの。前々から思っていたけれど、田中くんは鈍感すぎる。今日なんて、わざわざバレンタインの日の私の状況まで話したのに、それでも疑いもしない。ちょっと恥ずかしかったんだから。少しくらいは疑ってよ。どれだけ他人に興味がないの。

「はぁ」

　いけない。またしてもため息が出てしまった。あまりため息は吐かないタイプだけど、今回ばかりは抑えられない。今日バイトに行くとき凄く緊張したのに、その結果がこれなんて。田中くんらしいといえばその通りだけど、私の覚悟《かくご》を返してほしい。もうさっさと私の正体を明かした方がいいのかな？

　顎に人差し指を当てて考える。正直田中くんがここまで鈍感だったのは想定外。絶対今回のことで気付くと思っていた。でもあの感じだとまだ全然気付いてなさそう。いつも通り普通《ふつう》に惚気てくるし、何回聞いても慣れないから勘弁して。

　さっきの田中くんのセリフを思い出して、また顔が熱くなってしまった。と、とにかく、ここまで気付かれないなら、もっとあからさまに話の内容を被せてみるのもありかも。

　田中くんに私から正体を打ち明けるのは恥ずかしいし、それは最後の手段にして、次はもうちょっとさらに分かりやすく斎藤の時の私の話を出してみよう。もうこの際、どこまで話したら気付くのか見てみたくなってきた。鈍感田中くんめ。今度こそ気付いてもらうから。そう心に決めてお弁当の蓋《ふた》を閉じた。

休日が明けた月曜日。学校に行くと、和樹《かずき》は友達と楽しそうに笑顔を広げて談笑《だんしょう》していた。その光景自体はいつも通り。

だが、半分八つ当たりかもしれないが、その光景に少し腹が立つ。今までの反応を考えると確実に和樹は柊《ひいらぎ》さんの正体に気付いていた。柊さんの正体に気付いておきながら黙《だま》っていた和樹には一言言わせてもらわないと。

「ちょっといいか？」

会話が途切《とぎ》れたタイミングを見計らって声をかける。

「あ、湊《みなと》。おはよう。どうかした？」

振《ふ》り返った和樹が意外そうに目を少し見開く。

「おはよ。少し話があるんだが、今いいか？」

「えー、なに。告白？　ちょっと待ってね」

軽い感じで話していた友人たちに離れることを告げて、俺の席まで移動する。

「それでなに？　まさか本当に告白？」

「冗談《じょうだん》でも勘弁してくれ」

顔は良いが、こいつの良《い》い性格を知って惚《ほ》れるやつの気が知れない。現に今、困らされているし。

「斎藤《さいとう》の話だよ」

「まあ、そうだよね。バレンタイン、上手《うま》くいった？」

「ああ、それは無事貰えたよ。ただ、その後が問題でな」

「その後？」

小首を傾《かし》げる和樹。一瞬《いっしゅん》言葉を溜《た》める。

「柊さんの正体って斎藤だろ」

「お、やっと気づいたんだ？」

「やっとって、お前……。気付いてたなら最初から言えよ」

「いやー、いつ気付くのかなって思ってさ。それに見ている分には面白《おもしろ》かったし」

「こっちはそのせいで恥《はじ》かいたんだぞ。気付いたときどれだけ恥ずかしかったか……」

今思い出しても、顔に熱がこみ上げてくる。本人に惚気ていたとか信じられない。まずい、思い出さないようにしていたのに思い出してしまった。

「あははは。さすがに湊でも照れるんだね」

「むしろ照れないほうが難しいだろ。気付いたときは、一瞬本気で死にたくなったからな」

「それは相当だね。ダメだよ？　自殺しちゃ」

「するか」

　ベッドの上で転げまわるほど身悶えたが、流石に俺のコレクションの本達を置いてこの世を去るわけにはいかない。まだまだ読んでいない本がこの世には沢山あるし。そもそもそんなことしようにも原因が馬鹿すぎる。

　そんなことより隠《かく》していた和樹の方が問題だ。斎藤の話題を出した時の和樹のこれまでの反応を思い出す限り、だいぶ前から気付いていた可能性は高い。教えてくれないあたりが和樹の性格の悪さを物語っている。非難を視線に込《こ》めて睨《にら》みつける。

「なんで黙ってたんだよ」

「なんでって、そんなの面白いからに決まってるじゃん。そんな状況、絶対お目にかかることないし」

「くっ、こいつめ……」

　悪びれることもなく、口角を上げてくっくっと喉《のど》を鳴らす。

「それに気付かない湊が一番悪いでしょ。人に興味ないからって、好きな人の変装くらい気付きなよ」

「それは……」

ぐうの音も出ない。あまりに正論だ。一番非があるのは俺に間違《まちが》いない。他人に興味を持たないことで、こんなことになるなんて。悔《くや》しいが和樹の言うことは事実だ。

「いやー、湊と一緒にいると色々面白いことが起こるなとは思っていたけど、過去一番面白かったよ。毎回ノリノリで柊さんに斎藤さんのことを相談しているって聞いたときは、思わず笑っちゃったもん」

「普通同一人物だなんて思わないだろ。変装してるなんて想定しないし、苗字も違うし」

「そう言われると難しい所ではあるけどね」

和樹はふむ、と頷く。まだ苗字が同じなら想像もついたが、異なればそうそう疑うものではない。苗字が違う理由はなんとなく予想はついているが……。そのあたりももしかしたら正体を打ち明けなかった理由に関《かか》わっているのかもしれない。

「それでどうして気付いたんだい？　正直、あの鈍感な湊が気付いたなんて、信じられないけど」

「そこまで鈍感じゃないだろ。失礼な」

これでも割と人の感情の機微《きび》には敏《さと》い方だと思っている。

「そういうことにしておくよ。それでなんで気付いたのさ」

「渡《わた》されたチョコが、柊さんが好きな人に渡すって話してたチョコと同じ種類だったんだよ」

「へぇ、なに？」

「オランジェットとドライフルーツを沢山使ったチョコブラウニー」

「それはまた凝《こ》ったものを。確かにそれが被《かぶ》るのはおかしいか」

「ああ。そこに違和感《いわかん》を抱いて、あとは柊さんの下の名前を思い出して一気に気付いた感じだな」

「下の名前なんてよく覚えてたね。ネームプレートにも載《の》ってないのに」

「それこそ最初自己紹介されたときに斎藤と同じ名前だなって思ったから薄《うっす》ら覚えてた」

　普段なら覚えていないだろうが、初めての教育係であったこと、そして学校の有名人と同じ名前ということで印象に残っていた。

「なるほどねー。それは気付くのも頷《うなず》けるね。そっかー、じゃあもう湊は気付いちゃったのか」

「なんでちょっと残念そうなんだよ」

「そりゃあ、あんな面白い状況が無くなっちゃったんだもん。終わっちゃうならもっとバレンタイン前に楽しんでおけばよかったなー」

心底惜《お》しそうに唇を尖《とが》らせる。ここまで悔しそうなのは、出会ってから見たことがない。おい、どんだけ楽しんでたんだ。

「もう二度とお前を楽しませるかよ」

「えー、そんなこと言わないでよ。僕《ぼく》の日常の潤《うるお》いなんだから」

「勝手に干《ひ》からびてろ」

もうミイラにでもなればいい。別に元から和樹を楽しませるつもりなんて毛頭ない。それなのに勝手にこいつは面白い方向に誘導《ゆうどう》しているから、そこが恐《おそ》ろしい。

「柊さんの正体に気付いたってことは、本人に言ったんでしょ？　どんな反応してた？」

「いや、それが実は言ってない」

「え？」

「最初は本当に本人か確認した後、正体に気付いたことを話すつもりだったんだ。ただ、いざ打ち明ける直前になって、斎藤がずっと正体を隠していたことに仕返しがしたくなってな」

「……へぇ？」

一瞬呆けたような間抜《まぬ》けな顔をさらした後、にやりと右の口角を上げる。少年のように瞳が眩《まばゆ》くきらりと光った気がした。

「斎藤は俺の本音をこっそり聞いていたわけだろ？　だから一回くらい斎藤の本音を聞いてみようかと思ってな。バイトの時に、バレンタインの話のついでに渡した相手の話を聞いてみたんだ」

「あははは。湊なにしてんの」

過去一番愉快《ゆかい》そうに肩《かた》を揺《ゆ》らして笑う和樹。目じりには涙《なみだ》を浮《う》かべ、何度も拭《ぬぐ》っている。

いや、自分でもちょっとやらかしたかなとは思ってるけど、そこまで笑うことか？

「そんな笑い転げるほどのことじゃないだろ」

「いやいやいや。これが笑わなくてどうするのさ。面白いネタが一個無くなったと思ったら、また新しいネタをくれるなんて流石《さすが》湊だね。どう？　斎藤さんの本音、色々聞けた？」

「あ、ああ。そりゃあ、まあ……」

「なに、その微妙《びみょう》に歯切れの悪い感じ」

一昨日、仕返しとばかりに斎藤の本音を聞き出したときのことを思い出す。正直、想定以上のものだった。多少面白いことでも聞ければいいな、と考えていただけだったので、あんなに惚気《のろけ》話を聞かされるとは思っていなかった。嬉しいし、恥《は》ずかしいし。斎藤が時折挙動不審《きょどうふしん》になっていたのも頷ける破壊力だった。照れ顔なんて特に可愛かった。思い出してこみ上げてくる熱を、あえて息を吐いて逃がす。

「別になんだっていいだろ。ちょっと想定以上だっただけだ」

「ふーん」

「なんだよ」

なにかを察した視線の和樹を睨んで黙らせる。ほんと勘《かん》が鋭《するど》い。

「斎藤さんが楽しんでるなーって思ってたら、今度は湊が同じことするなんてね。随分《ずいぶん》楽しんだみたいだし、これからも黙ってこっそり聞いちゃう？」

「それも悩んでる」

「あの湊が悩むなんて余程《よほど》良かったんだね。一体なにに聞かされたの？」

「誰がお前に言うか」

「ふふふ、『斎藤の本音は俺だけのものだ』というやつですか」

「うるさい」

おちょくる和樹は放置だが、実際打ち明けるタイミングは悩んでいる。一番の絶好の機会は仕返しのために使ってしまったので、なかなか難しい。……それになにより、斎藤のあのデレが聞けなくなるのがちょっとだけ名残惜《なごりお》しい。

「まあまあ。悩んでるならもう少し続けてみたら？　斎藤さんもかなりの期間湊の惚気話聞いてたんだし、ちょっとくらいなら許されるでしょ」

「そうか？」

なんだか和樹に誘導されている気がしなくもないが、もう一回くらい、と思っていたのも事実だ。あと斎藤を照れさせるのも楽しかったし。

「ホワイトデーのお返しとかも聞いてみたらいいんじゃない？　面と向かってだと遠慮《えんりょ》しちゃうだろうし、いい機会じゃん？」

「確かに……」

実のところ、バレンタインのお返しは悩んでいた。あれだけ手の込んだものを頂いた以上、それ相応のものを返すのが筋だ。だが、和樹も言う通り、あの斎藤だ。直接聞いたところで「私の勝手で渡しただけですので、お礼は大丈夫です」とか言いそう。うん、その未来しか見えない。

「そうだな。もうちょっとだけ今のままいってみるか」

「うん。そうしなよ」

俺が頷くと、和樹は満面の笑みを浮かべた。

放課後、いつものように斎藤の家を訪《おとず》れる。バイトの時に顔は合わせたが、あくまで柊さんとしての立場。正体を知ったあとに斎藤として会うのはこれが初めてだ。なにかしら変化はあるのだろうか？　正直予想がつかない。

インターホンを鳴らすと、見慣れた整った顔を覗《のぞ》かせる。

「田中《たなか》くん。どうぞ入ってください」

「ああ。お邪魔《じゃま》します」

今のところはいつも通り。下ろされた後《うし》ろ髪《がみ》が揺れるのを眺《なが》めながらついていく。部屋へと入り、定位置のソファに腰《こし》を下ろしていると、お茶を用意した斎藤が隣《となり》に座《すわ》った。

「はい、どうぞ」

「ありがとう」

机に置かれたお茶に視線を落としつつお礼を告げる。どうやら斎藤はなにも態度を変えるつもりはないらしい。一先《ひとま》ずは落ち着けそうだ。

「この前はチョコありがとな。メッセージでも送ったけど、本当に美味しかった」

チョコが美味しかったという話は既に伝わっているだろうが、直接伝えたのは柊さん相手のみ。斎藤には言っていなかったからちゃんと伝えておかなければならない。……ややこしいな。

今の俺の立場はなかなか複雑だ。柊さんから聞いたことなのか、斎藤から聞いたことなのか。その辺りも分けて考える必要がある。そう考えると、斎藤はこれまでよくボロを出さなかったものだ。

「気に入ってもらえたなら良かったです。日頃《ひごろ》のお礼も伝えたかったので」

「凄い手が込んでいて綺麗だったぞ。大変だったんじゃないのか？」

「……別に、レシピ通りに軽く作っただけなので簡単でしたよ」

「そうか。まあ、ありがとな」

素っ気なく言い放つ斎藤。斎藤は簡単だったと言っているが、かなりの時間がかかったことは既に知っている。俺のために頑張ったことを知られるのが恥ずかしいのだろう。ほんと素直じゃない。だけどそこが斎藤らしい。内心で薄く苦笑いが浮かぶ。

「スイーツとかよく作るのか？」

「いえ。やっぱり材料を用意するのが大変ですし、手間と材料費を考えると作るくらいなら買ったほうが全然いい気がするので、作ることはほとんどないですね」

「現実的だな」

「私しか食べないのに頑張って作ろうとは思いませんよ」

「……そっか」

さらっと言っているが、それは逆に俺のために頑張ってくれたと暗に伝えていることに気付いていないのだろうか？　ナチュラルにこういうことを言うから困る。

「チョコのお礼なにか欲《ほ》しいものとかあるか？」

「私の勝手で渡しただけですので、お礼は大丈夫です」

おお。想像と全く同じセリフだ。ちょっと感動。

「そう言わずにさ。ホワイトデーにはお返し渡すつもりだけど、多分既製品《きせいひん》だし、頑張って作ってくれたのに申し訳ないし」

「だから簡単だったって……」

「はいはい。それは分かったから」

「……もう」

ちょっと強引《ごういん》だったかもしれないが、呆《あき》れたようにため息を吐いてようやく受け入れてくれた。顎《あご》に指を添《そ》えて考え始める。

「……そうですね。ちょうど前に田中くんから借りた本が読み終わったので、また続きを借りてもいいですか？」

「ああ、あれな。いいぞ。今回は結構かかったな」

「……チョコの準備に手間取っていたので」

そっぽを向いてぼそりと呟《つぶや》く。細く小さな声だったが、確かに聞こえた。

「他には？」

「他ですか……。あ、本を借りるついでに田中くんが薦《すす》める炬燵《こたつ》は入ってみたいです」

「炬燵？」

「以前、田中くんが炬燵の魅力《みりょく》を力説していたので。リビングにありましたよね？」

「あ、ああ。あれか。いいけど、そんなことでいいのか？」

「そんなことがいいんです。田中くんがそこまで語るものは気になるじゃないですか」

瞳をきらりと輝《かがや》かせて僅かに顔を寄せてくる。ぐっとこちらに寄ったせいで、斎藤の甘い香《かお》りが強まった気がする。

「炬燵に入りに俺の家に来るってことだよな？」

「そうですね。前田中くんの家に行ったときは、本と田中くんの秘密探しに夢中で入りそびれてしまったので」

「やたらと俺の秘密を探索《たんさく》してたよな」

「はい。おかげさまで田中くんのボッチの幼少期を見られましたから」

「おい、ボッチ言うな」

俺のツッコミも意に介《かい》さず、肩を揺らしてくすくすと可笑《おか》しそうに笑う。満面の笑みを湛えているあたり、相当楽しかったのだろう。笑っているならいいか。

「そういうわけでお礼は炬燵への招待ってことでどうでしょう？」

「まあ、斎藤がそれでいいならいいけど」

いまいちお礼になっているかは分からないが、斎藤的には満足できるものならいいだろう。……安易に男の家に来ようとしすぎな気もするが、俺《おれ》を家に入れているのに今更《いまさら》か。

「ふふふ、田中くんがおすすめする炬燵、楽しみです」

「いや、ただの暖房器具だからな？」

斎藤のテンションが異常に高い。まるで遊園地にお出かけする前日の子供みたいだ。あの、炬燵はアトラクションではありませんよ？

「まあ、斎藤も炬燵は気に入るとは思う」

「一切《いっさい》出られなくなる悪魔《あくま》の道具と聞いています」

「悪魔の道具って……。当たってなくはないけど」

「どうしましょう。私も囚《とら》われてしまったら」

斎藤が炬燵でだらけている姿。うん、ないな。まったく想像できない。

「斎藤。あり得ない心配はしなくて大丈夫だ」

「わかりませんよ？　こう見えて私、怠《なま》け者ですし」

「……どこが？」

思わず首を傾げる。斎藤が怠け者なら大体の人は怠け者になってしまう。

「えっと、皿洗いが面倒《めんどう》なので、夜に朝の分もまとめて洗います」

「一人なら普通だろ」

「ご飯はよく作り置きします」

「むしろ効率的」

「掃除《そうじ》は週一です」

「俺よりはるかに清潔的」

「ほ、他には……」

うーん、と頭を抱《かか》えて絞《しぼ》りだそうとしている。最初が皿洗いの時点で、なんかもうずれているというのに。

斎藤は何度も唸《うな》るが、やはりもう出てこないようでネタ切れだ。唸ったまま固まっている。

「いい加減諦《あきら》めろ。斎藤が怠け者なら俺はどうなるんだ」

「た、確かに」

はっと目を丸くする斎藤。おい？　そこで共感されると腹立つぞ？

自分で言ってみたはいいものの他人に認められると複雑だ。分かりやすく咳払《せきばら》いをして話題を切り替《か》える。

「とにかく、斎藤が炬燵に入りたいのは分かった。いつ来る？」

「本も早めに読みたいので出来るだけ早い方がいいです」

「じゃあ、明日かな？」

「明日ですね。分かりました。本も炬燵も楽しみにしています」

こうして斎藤がまた俺の家にやってくることになった。

次の日。久しぶりに自分の家のリビングに掃除機《そうじき》をかけていた。ほこりを吸い込む機械音がうるさく響《ひび》く。普段は気にしないが、意識して見てみると隅《すみ》の方には埃《ほこり》が薄ら溜まっているので、残らないように吸引していく。

斎藤は一度荷物を置いてから来るらしい。リビングは散らかってはいないが、掃除する必要はあったので、斎藤が遅《おく》れてくるのは都合がいい。一通り、見えるところは綺麗になったところで一息つく。運動不足のせいで、掃除機をかけただけで疲《つか》れた。……少しは運動した方がいいかもしれない。

「ふぅ。こんくらいでいいかな」

前回来たときは急だったので片付ける暇《ひま》がなかったが、やはりお客さんが来る以上綺麗にしなければ。

掃除機を片付け終えたところでインターホンが鳴った。カメラで確認《かくにん》してみると、斎藤の姿が映っている。早速迎《さっそくむか》えに行く。

「よう。入ってくれ」

「お、お邪魔します」

やや強張《こわば》った表情。軽く会釈《えしゃく》して家の中に入ってくる。

「なに、緊張《きんちょう》してるのか？」

「そりゃあ、緊張しますよ」

「前来た時は、そんな雰囲気《ふんいき》全然なかったぞ」

「あの時は、勢いのまま来たので。他に意識していたこともありましたし。でも一日空けばやっぱり私でも緊張します」

「ふーん。そうなのか。まあ、気にしなくていいぞ」

とりあえず、リビングへと案内する。

「あ、炬燵ありますね」

リビングに入ると、早速斎藤は炬燵を見つけ声を弾《はず》ませる。

「ああ。もう電源は入っているから、入っていいぞ」

こくりと一度喉《のど》を鳴らしてゆっくり足を炬燵に入れる。小さな「あったかい」という声が聞こえた。足を入れ、腰を落ち着けると、ほんわり口元が緩《ゆる》みだす。

「どうだ？」

「これはいいですね。ぽかぽかします」

寒い外から来たことで薄白《うすじろ》かった頬がほんのり朱に染まっていく。目をへにゃりと細める姿が可愛《かわい》らしい。声までまったりしている。

「気に入ったみたいだな」

「はい。みんなが悪魔の道具と言っていた意味も分かる気がします」

こてんと顎をテーブルに乗せながら呟く。ここまでリラックスしている斎藤は珍《めずら》しい。

「あ、これ……」

「約束していたやつ。次の巻とその次の巻な」

炬燵に気を取られていたようで、ようやく机に置かれた本に気付いた。暖をとっていた手を炬燵から出して本を取ると、目をきらきらと輝かせる。

「ありがとうございます」

「読み終わったらまた言ってくれ。いつでも渡すから」

「分かりました」

「いいんですか？　本当に面白いのですぐ読んじゃいますよ？」

「俺なんて毎日借りてたんだから今更だろ」

「そうですね。じゃあよろしくお願いします」

ぺこりと頭を下げると、早速《さっそく》とばかりに借りた本を読み始めた。ぺらり、ぺらり、と一、二ページほど捲《めく》った頃《ころ》には完全に意識がそっちに向いている。正面に座る俺は、本に熱中する斎藤を眺めた。

しばらく互《たが》いに本を読んでいたが、段々足が痺《しび》れてきた。胡坐《あぐら》をかこうと伸《の》ばしていた足を戻す。途中《とちゅう》、足先がこつんと何かに触《ふ》れる。

「ひゃっ」

悲鳴にも似た甲高《かんだか》い声。

「え？　斎藤？」

声をかけるとはっと気づいたように口を手で覆《おお》う。

「急に触《さわ》るからびっくりしたじゃないですか」

「わ、悪い」

薄く頬《ほお》を染めて睨んでくる斎藤。事故なのに。とりあえず頭を下げると、斎藤も足を引っ込めるような気配があった。

「本に集中しすぎて、足が痺れてるのにまったく気付きませんでした」

「ああ、炬燵でその姿勢だと痺れやすいからな」

特に斎藤の場合、足を動かすのを忘れていただろうから、痺れは相当なものだろう。斎藤は不満そうに唇《くちびる》を尖らせて「もっと早く言ってください」と呟きながら、足を机の下で擦《こす》っている。

「悪い悪い。そこまで本に熱中してるとは思わなくて」

「まさか、本に集中させて足を痺れさせることで、私に変な声を上げさせる作戦？　最低ですね」

「いや、誤解にもほどがあるだろ」

なんだよ、変な声を上げさせる作戦って。そんなことして何になるっていうんだ。俺にそんな変な性癖《せいへき》はない。

もちろん斎藤も本気で言ったわけではなく「冗談です」と返してきた。少しの間足を擦っていた手がようやくとまる。

「はぁ。やっと治まりました」

「治ったならよかった」

斎藤はまた足を伸ばして、炬燵に入れる。

「そうだ、何か飲むか？」

お茶は用意していたが、既《すで》に減っていて少ない。交換《こうかん》するのに丁度いいタイミングだ。

「お茶とほうじ茶とコーヒーとあとココアもあったかな」

「それならココアにします」

「あいよ」

甘《あま》いもの好きの斎藤のことなので、なんとなくそんな気はしていた。炬燵から出て、台所へと向かう。

温かいココアをマグカップに用意して戻ると、斎藤は本から顔を上げた。

「ありがとうございます」

「温《ぬる》めにしておいたから、すぐ飲めると思うぞ」

「……よく分かりましたね」

「猫舌《ねこじた》なの知ってるからな」

もう何度一緒《いっしょ》にお茶していると思っているんだ。流石《さすが》に気付く。毎度、淹《い》れたてをちびちびと飲んでいる姿を見てきた。以前一度だけ指摘《してき》したときは素直《すなお》に認めなかったが。

斎藤はマグカップを受け取り、一口こくりと飲む。

「はぁ。いいですね。炬燵に入りながらのココアは最高です」

「そんなにか?」

「はい。身体がぽかぽかします」

ココアを飲みながら笑う斎藤は幸せそのもので、見ているこっちまで笑《え》みが零《こぼ》れる。ココアと炬燵だけでこの笑顔《えがお》が見られるなら安いものだろう。

「大分時間も遅《おそ》くなってきたけど、大丈夫《だいじょうぶ》か?」

「そうですね。もうちょっとだけ……」

炬燵に体を埋《うず》め丸くなる斎藤。よほど気に入ったらしい。時計はもう八時前を示している。そろそろ帰った方が良いような気もするが、斎藤がそう言うのなら。

「じゃあ、あと一時間だけな」

「……分かりました」

きゅっと唇を閉じ、若干《じゃっかん》の名残惜しさをにじませながらもこくりと頷く。どんだけ気に入ったんだ。斎藤が囚われると言っていたのもあながち間違いではなかったのかもしれない。渋々《しぶしぶ》頷く斎藤を横目に読書に戻《もど》った。

本を読む傍《かたわ》ら、自分もココアを口にする。何ページか読み進めた頃、ココアと炬燵のおかげだろう。体が芯《しん》から温まってきているのを実感する。確かに斎藤が言う通り、ぽかぽかとして温かい。気が抜《ぬ》けてくる。一人だと家で温かい飲み物なんて飲まないが、ここまで効果があるとは。斎藤がリラックスするのも分かる。

（……なんか眠《ねむ》くなってきたかも）

普段《ふだん》感じない、緩く微睡《まどろ》んだ雰囲気が瞼《まぶた》を重くする。昨日は斎藤が来ることに緊張して眠りが浅かったことも大きい。ちょっとくらいならいいか。気付けば瞼を閉じていた。

「……？」

目を開けた瞬間《しゅんかん》、飛び込んできたのは蛍光灯《けいこうとう》の光。眩くて目を細める。机に伏《ふ》せた状態で寝《ね》ていたらしい。手元には開いた本がそのまま両手に握《にぎ》られている。寝落ちしたときよくあることだ。頭が冴《さ》えわたらないまま顔を上げる。瞬間、一気に覚醒《かくせい》した。

（っ⁉　斎藤⁉）

正面には腕《うで》を枕《まくら》にして眠る斎藤の姿。綺麗《きれい》な寝顔《ねがお》を晒《さら》してくうくう眠っている。ゆっくり上下する肩が熟睡《じゅくすい》を告げている。

慌《あわ》てて起こそうと手を伸ばして、そこで止める。今何時だ？　時計を見ると深夜一時。

……うそだろ。

今から起こしてどうするのか。こんな夜遅《よるおそ》くに一人で帰すわけにはいかない。送っていくことになる。それは構わないが、せっかく寝ているのに起こしていいのだろうか？　ここまで来たら朝まで寝かせておいた方がいい気もする。

だが、それは斎藤を俺の家に一泊《ぱく》させるというわけで、俺が起きてしまった以上平常心でいられるはずがない。好きな人が自分の家でお泊りとか、どんなイベントだよ。いっそ、俺も朝まで寝ていれば。

ねだっても意味のないことだとは分かっていながらも、ねだらずにはいられない。ほんと、どうするんだよ、これ。

「はぁ」

斎藤が目を覚まさないようにこっそりため息をつく。どんだけ熟睡しているんだ。すやすや呑気《のんき》に眠る斎藤が心底羨《うらや》ましい。こっちはこんだけ悩《なや》んでいるのに。

頬杖《ほおづえ》をついて、改めて斎藤の寝顔を見つめる。いつもの張り詰《つ》めた凛《りん》とした表情はそこになく、安らかな寝《ね》息《いき》と共に年より幾分《いくぶん》かあどけない顔がそこにある。もう数えきれないほど顔を合わせ見慣れたものだと思っていたが、寝顔というのは新鮮《しんせん》だ。滅多《めった》にない機会にじっくり見てしまう。

（ほんと、綺麗だよな）

きめ細かい白い肌《はだ》。伏せられた長い睫毛《まつげ》。果実のような瑞々《みずみず》しい唇。寝顔まで綺麗だとは美少女恐るべし。ぐっすり眠る姿は幸せそうで、やはり起こすのは躊躇《ためら》われる。

とりあえず冷えないように毛布でも掛《か》けてやろう。そう思って席を立つ。足音を立てないように気をつけて二階から戻ると、まったく変わらず眠っていた。肩に毛布を掛けると、僅《わず》かに口元を緩め身をよじる。さらりと黒髪《くろかみ》が顔側へ垂れた。

（まったく。幸せそうに寝やがって）

顔を隠した髪を優《やさ》しく払《はら》う。すると、無意識だろうか、擦り付けるように俺の人差し指に頬ずりしてきた。

「っ」

思わず息を呑《の》む。急に動くなよ。心臓に悪い。ばくばく鳴り響く心音がはっきりわかる。緊張で動けないままでいると、二、三度指に甘えるように頬ずりして、ようやく斎藤は動きを止める。だが、まだ俺の指は斎藤の頬に触れたままだ。なんとなく好奇心《こうきしん》で、そっと押《お》してみる。

ふにゅり。しっとりと餅《もち》のような柔《やわ》らかさが指先から伝わる。

（お、おお）

感じたことのない柔らかさ。もう一度、とつい何度も突《つ》いてしまう。その度《たび》斎藤が擽《くすぐ》ったそうに僅かに身をよじる。それが面白くて何度か繰《く》り返した。

流石にこれ以上は起きる、そう思ったところで指を止める。幸い斎藤に目覚める気配はまったくない。むしろさらに眠りが深くなったようにさえ見える。無防備すぎるだろ。

とりあえず、この後どうするか。自分だけ二階で寝ていいような気もするが、斎藤が家にいる状態で眠れる自信がない。別になにかをするつもりはないが。

仕方ない。本でも読んでるか。読書は最高の暇つぶしだし、丁度いい。これだけこっちの気持ちを振《ふ》り回したのだから、起きたときの斎藤の反応を見て楽しませてもらわないと気が済まない。どんな反応をするのか楽しみだ。斎藤が起きたとき見せる表情を楽しみにして、夜を過ごすことにした。

寝巻《ねまき》に着替《きが》えて炬燵で読書に耽《ふけ》る。しんとした部屋でページの音のみが木霊《こだま》するのは心地《ここち》いい。普段なら確実に本の世界に引き込まれていただろう。だが、今日だけは別だ。斎藤が気になり、何ページか置きに本の向こうで眠る斎藤の様子を確認してしまう。見たところで、何かがあるわけではないが。

世の中のカップルは寝泊《ねとま》りまでよくするという。今の自分からしてみれば信じられない。正気か？　とさえ思う。斎藤と同じ部屋で過ごすのに慣れたように、いつかこんな時でも落ち着けるほど慣れるときは来るのだろうか？

「っ」

斎藤が僅かに動き、布の擦れる音が響く。また反応してしまった。少なくとも。今すぐは慣れそうにもない。

よくよく考えてみれば、斎藤が寝ている状況《じようきよう》が違《ちが》うだけであって、それ以外は普段《ふだん》斎藤の家で過ごしているときと変わらないはずだ。二人きりで過ごすことなんて慣れている。

だが、泊りという言葉が、どうしても緊張させる。なんとなくいけないことのような特別感。背徳感。頼《たの》むから、俺の心臓は落ち着いてくれ。結局、いまいち集中できないまま、夜は過ぎていった。

時計の長針が何周かした頃、ようやくぼんやりと部屋が薄ら明るくなり始める。カーテンの隙間《すきま》から差しこむ夜明けの光が、部屋の様相を闇《やみ》から解き放つ。

（やっと、朝か）

大きく一度息を吐《は》く。乗り切ったか。少しは眠ったとはいえ、深夜からずっと起き続けていたせいで、そろそろ瞼も重い。まだ六時過ぎなので、学校の時間には早いが、出る前に十分でも寝ておきたい。そろそろ斎藤は起きないだろうか。

決して進んだとは言えない本を閉じて、目の前の斎藤に視線を向ける。結局夜一度も目を覚まさなかった。超熟睡《ちようじゆくすい》。いつも纏《まと》っている警戒心《けいかいしん》はどこにいった？

そろそろ起こすべきだろう。最後にもう一度、と頬に手を伸ばす。指先で一突《ひと》き。うん、柔らかい。頬を触っているのにまだ起きない。それならば、と頬を摘《つ》まんでみる。むにゅっとなんとも形容しがたい柔らかさは癖《くせ》になりそうだ。むにゅむにゅと二度、三度と揉《も》んでみる。そろそろ目を覚ませ。

だが、残念なことにされるがままで、起きる気配が全くない。死んでないだろうな？

仕方なく肩をゆする。

「おい、斎藤。起きろ」

「ん……」

気の抜けた声と共にようやく動き出す。瞼を擦り、何度か瞬《またた》く。

「あれ？　田中くん？」

「おはよう。斎藤」

「おはようございます……」

ふわぁと目を細めて欠伸《あくび》を一度。まだ寝惚《ねぼ》けているのだろう。

「あれ？　どうして田中くんが……」

右を向き、左を向き、ぼんやりとしていた瞳《ひとみ》に光が灯り出す。「え？　うそ……」と呟き、段々頬を染め始めた。

「よく寝てたな。ぐっすり寝てたからそのまま寝かせてた」

「な、なんで……」

耳まで真っ赤にして忙《せわ》しなく瞳を揺らす。いいな、その表情。散々俺を夜の間、困らせたのだ。待っていた甲斐《かい》がある。

「い、いつから、私、寝てましたか？」

「知らん。俺も寝てて起きたときには寝てたぞ。大体一時くらいだったかな」

「そんなに寝ていたなんて」

顔を両手で覆い、「あぁぁ」だの「ううぅ」だの唸る斎藤。一しきり済んでようやく顔を上げる。

「えっと、勝手に寝てしまってすみません」

「別に。寝かせて放置したのは俺だからな」

「まさか寝顔も？」

「そりゃあ、丸見えだったぞ」

「そんな……。全然気付きませんでした」

「寝てたからな」

やはり完全に熟睡していたらしい。俺のいたずらに気付いた様子は特にない。

流石に寝顔を見られたのは恥ずかしかったようで顔の大部分が茜色《あかねいろ》になっているが、急に表情をはっとさせた。

「ま、まさか。寝ている隙《すき》に、私を襲《おそ》って……⁉」

「す、するか！」

　とんでもないことを言いやがる。俺をなんだと思っているんだ。しっかり寝かせてやったのだから感謝してほしいくらいだというのに。そりゃあ、多少悪戯《いたずら》はしたが、あれは含《ふく》まれないはず。

「で、ですよね」

「勘弁《かんべん》してくれ。一切手を出してない」

「そうですか……」

　ふぅと息を吐いて、ようやく落ち着きを取り戻す。頬の赤みもだいぶ引いてきた。

「とりあえず、今日も学校だし、一度家に戻ったらどうだ？　流石にそのまま学校に行くわけにはいかないだろ？」

「そうですね。六時ですし、今から戻れば、間に合いそうです」

「送っていくか？」

「いえ。大分外も明るくなってきましたし、田中くんも準備があるでしょう？」

「まあ、一応な」

「だから大丈夫です。それに、ちょっと、一人になりたいので……」

「お、おう」

随分落ち着いたように見えたが、内心はまだ動揺の渦中であったらしい。斎藤はいそいそと立ち上がり、脱《ぬ》いであったコートを羽織る。荷物を持って玄関に移動するので、ついていく。

「その、炬燵とか本とか毛布とか、色々ありがとうございました」

「気にするな。よく眠れたか？」

「い、一応」

「それならよかった」

「言っておきますけど、今回がたまたまなだけであって、普段は異性の家で寝過《ねす》ごすとかしないですから」

「分かってるよ」

「ほんとですよ？」

必死に上目遣《うわめづか》いで訴《うった》えてくる。そんなに言わなくても日頃の対応を見ていれば疑う余地もない。そもそも斎藤に異性の家に行く機会なんてあるのか？

「分かってるから。どれだけ一緒《いっしょ》にいると思ってるんだ」

「分かっているならいいです」

やっと納得《なっとく》したようで、身を一歩引く。靴《くつ》を履《は》いて立ち上がった。

「それでは、お世話になりました」

「こっちこそ。また機会があれば。寝るのは勘弁してほしいけど」

「も、もう寝ませんよ！」

そう言い残して玄関を出ていく。つい最後までからかってしまった。恥ずかしそうに出ていく斎藤の姿が見えなくなるまで見守り続けた。

◆◆◆

斎藤が俺の家に泊《とま》っていくという不慮の出来事から三日が経《た》った。別れた次の日は斎藤が微妙《びみょう》に挙動不審だったものの、ようやく記憶《きおく》が薄《うす》れてきたようで、昨日には完全にいつも通りに戻った。

かなり炬燵は気にいったようで、今度買うことを検討するらしい。今年の冬はもう終わる話をしたら、「来年はいっぱい楽しみます」と意気込《いきご》んでいた。

「田中さん、お疲れ様です」

「柊さん、お疲れ様です」

バイトの締《し》め作業が終わったところで、柊さんが話しかけてきた。厚めの前髪《まえがみ》に丸レンズの眼鏡。今日も地味な変装はばっちりだ。

「どうです？　最近彼女《かのじょ》さんと何かあったりしました？」

急な質問。一体どういうつもりだろうか。

「あったといえばありましたけど」

「へぇ。一体どんなことが？」

「たまたま彼女が自分の家に泊まることになりまして」

「そんなことがあったんですか」

あまりにわざとらしい。びっくりした様子を見せているが、お前、全部知ってるだろ。

というか、この感じ、おそらく泊りの時の話を聞きたくて話しかけてきたに違いない。

「いやー、びっくりしましたよ。気付いたらぐっすり寝てましたから。寝顔もばっちり晒して幸せそうに寝ていたんです」

「そんなにはっきり……」

ちょっぴり恥《は》ずかしそうに体をもぞもぞと揺《ゆ》らす柊さん。あの泊っていった日のことはあえて記憶から封印《ふういん》したかったようで、あの後俺に直接聞いてくることはなかった。こうやって探《さぐ》るつもりだったらしい。そんなに知りたいなら、全部教えてやろう。

「変な顔とかしてませんでした？」

「いえ。むしろあそこまで綺麗な寝顔で寝られるものなんだって思ったくらいですよ。くうくう寝息を立てる姿は可愛かったですし」

「そ、そうですか」

　顔を髪で隠《かく》して呟く。随分《ずいぶん》声が上擦《うわず》っているがかなり効いているに違いない。前も思ったが、照れさせるのは楽しい。つい素直に伝えてしまう。

「そういうわけで気付いたら寝ていたので、起こすのも悪いと思いまして朝まで眠ってもらったわけです」

「なるほど」

「朝起きたときの反応を見たかったっていうのもちょっとだけありますけどね」

　面白《おもしろ》い反応が見られることを期待していたが、期待以上だった。あの焦《あせ》り具合、なかなか見られるものではない。柊さんは「やっぱり……」とこっそり呟く。

「彼女さん、どんな反応してました？」

「起きて最初は寝惚けていたみたいで、全く気付かずぼんやりしてましたね」

「それはそうですよ。普通《ふつう》起きてすぐに異性の家で寝過ごしたなんて分かるはずありませんし」

「でも、その後気付いたみたいで相当焦っていました」

「そんなに？」

「そりゃあもう。顔は真っ赤だし、ずっと顔を隠して唸っているし、あんなに焦っている姿は初めて見ましたよ」

「だ、誰《だれ》だって焦りますよ。なんでそんな意地悪なことしたんですか」

「焦る姿が凄《すご》い可愛いからです。滅多に見られないのでなおさら、仕掛《しか》けたくなるんですよね」

「そ、それなら仕方ありませんね」

文句を言いたそうにしていたのに、急にしおらしくなる。どうやら許されたらしい。

「自分的には少し面白い反応をしてくれるかな？　っていう程度だったんですけど、そんなに赤面するほど焦ります？」

「当たり前じゃないですか。好きな人の家にお泊りだなんて。それも付き合う前に。はしたないし恥ずかしいし、耐《た》えられるものじゃありませんよ」

思い出しているのか顔を両手で隠して「はぁ」と息を吐く。

「それに、寝顔も見られていますし」

「無防備で可愛いからいいじゃないですか」

「ダメですよ。好きな人にはもっと綺麗な自分を見てほしいんですから」

じっとこちらを見つめる表情は真剣《しんけん》そのもの。レンズの奥《おく》の瞳には意志の強さが滲《にじ》んでいる。その真っすぐな眼差《まなざ》しに、熱がこみ上げてくる。

「そ、そうですか」

なんとか言葉を絞り出したものの、勘弁してほしい。油断するとすぐこれだ。柊さんの気持ちが強すぎて、聞いているこっちが恥ずかしい。

「田中さんは、彼女さんの寝顔ばっちり見たんですよね？」

「はい。あまりにぐっすりだったので」

「好きな人がそんなに無防備に寝ていたら悪戯したりしようと思わなかったんですか？」

「まさか。何もしてませんよ」

実際は頬を突いたり摘まんだりしていたわけだが、本人だと分かっていながら、そんなことを口に出すわけにはいかない。斎藤的にもその言葉を期待しているだろうし。そう思っていたのだが。

「……そうですか」

返ってきたのは、ちょっぴり沈《しず》んだ声だった。

「えっと、手を出したほうが良かったですかね？」

「い、いえ。田中さんの対応は誠実で凄く良いと思いますよ。むしろそれが正解だと思います。ただ……」

「ただ?」

「私個人の勝手な想《おも》いですけど、少しくらい手を出されたかったといいますか」

「え?」

な、なにを言い出してるんだ、この人は。あまりに予想外過ぎる。

「ほ、本当にちょっとだけですよ。そんなに近くにいて隙だらけだったのに、好きな人にまったく何もされなかったとなると、そんなに魅力ないのかなって思いますし」

「はぁ、なるほど」

「と、とにかく乙女心《おとめごころ》は複雑なんです」

分かるような分からないような。ただ、微妙に表情を曇らせる柊さんをこれ以上見たくはない。羞恥《しゅうち》を誤魔化《ごまか》すように頬を掻《か》く。

「実は、恥ずかしくて隠していたんですけど、ちょっとだけ寝ている彼女に悪戯したんですよね」

「え?」

「彼女の頬が柔らかそうだなって思って何度か突いたり、摘まんで遊んでみたり」

「はい。一回だけって思ってたんですけど、触り心地《ごこち》があまりによくてつい何度か」

「そんなことしてたんですか？」

あの柔らかさは本当に癖になる。どうやったらあんなに柔らかい頬になるというのか。

今思い出しても、また触りたくなる魅力《みりょく》があの頬にはあった。

柊さんは何度か目を瞬いたあと、薄らと笑みを浮《う》かべる。

「ふふふ、そうですか。ほっぺを触ったんですか。そんなに何度も触っちゃうほど気に入ったんですね」

ご機嫌《きげん》になる理由はよく分からないが、笑みが戻ったのは良かった。ただ、やっぱり言うのはミスったかなと少しだけ後悔《こうかい》も湧《わ》いてくる。

（まあ、いいか）

得意そうに胸を張る柊さんに、こっそり苦笑《くしょう》を零した。

二月も終わり、ようやく春も近づいてきた。この死ぬほど寒い時期が終わるのは望ましい。冬は寒いのでどうしても手が冷える。すると本のページを捲りにくくなる。それに春の読書はそれはもう筆舌《ひつぜつ》に尽《つ》くし難《がた》いほどに魅力的《みりょくてき》なものなので、今すぐにでも来てほしいところではある。だけど、今だけは時間が止まってほしかった。

「ほら、ここはこの式を使うんですよ」

斎藤《さいとう》の家で、隣《となり》に座《すわ》った斎藤は机に置かれた教科書の一文を指差す。

「なるほど。これか。難しいな」

「大丈夫ですよ。期末テストはおそらく簡単な式の利用しか出ないので、すぐに間に合うと思います」

「なら、いいんだけどな」

斎藤は簡単だと言うが、遅れた理解の進捗《しんちょく》を取り戻すのは一苦労だ。読書一色に染まっていた脳は、なかなか勉強用に戻らない。

「珍しいですね。田中《たなか》くんが勉強を教えてほしいだなんて」

「最近、全然勉強してなかったからな。気付いたら期末前で焦ってる」

「心置きなく読書をするためって言って勉強にも手を抜かなかったのに、なにかあったんですか？」

「いや、それは……」

「？」

不思議そうにきょとんと首を傾《かし》げる斎藤。その表情はあざといくらいに可愛いが、もちろん事情を話せるわけがない。なにせ原因は目の前の斎藤なのだから。

特にここ最近は一緒に出掛《でか》けたり、あるいは柊《ひいらぎ》さんの正体に気付いたりと、色々なことがあった。そっちについて考えるあまり、勉強をしている余裕《よゆう》がなかった。本は沢山《たくさん》読んだけどな。

「本に夢中になりすぎた」

「まったく、少しは計画的にやらないとだめですよ」

「今痛感してる」

本来であれば、勉強に焦る同級生を横目に読書を堪能《たんのう》しているはずが、まさか自分も同じ目に遭《あ》うとは。去年とは大違《おおちが》いだ。まだ先の見えないテスト範囲《はんい》にため息が零れる。

「悪いな。付き合わせて」

「いえ。教えるのも復習になりますから」

「そう言ってもらえると助かる」

「それに田中くんに教えてあげられる珍しい機会なので、楽しいですよ？」

「なるほど。俺《おれ》が出来ないのを見て嘲笑《あざわら》うのが楽しいと」

「私の性格、悪すぎません？」

数学で疲《つか》れた頭でぼけてみたが、斎藤は呆《あき》れた表情を見せるだけ。「どこを切り取ったら、そんな解釈《かいしゃく》になるんですか」と大きく息を吐く。

「ほら、まだまだ先は長いですから。一週間後に間に合わせるためには、今日中に一周しますよ」

「嘘《うそ》だろ……。及第点《きゅうだいてん》ぎりぎりでいいから、もう少し軽くしてくれ」

「ダメです。私が教える以上、前回の成績は超《こ》えてもらいますから」

そう言ってぐっと握りこぶしを作り、やる気を見せる。どうにも斎藤は俺が関《かか》わるとやる気を見せるのだが、今回に関してはそれが仇《あだ》となっている。あの、ほんと、勘弁してください。憂鬱《ゆううつ》さが加速する。内心で戦々恐々《せんせんきょうきょう》としながら、シャーペンを握った。

「斎藤はテスト余裕なのか？」

「余裕かと言われると難しいですが、いつも通りやれば問題ないレベルではありますね」

「相変わらず完ぺきなことで」

「日頃《ひごろ》からやっていれば校内試験は問題ないように出来ていますからね。さぼった人だけが苦労するんです」

「耳が痛い」

斎藤の言っていることは事実なのだが、それが出来れば苦労しない。正論で殴《なぐ》るなんて、暴力反対。

「そういえば前にも話してたけど、ホワイトデーのチョコ、どんなのが欲しいとかあるか？」

「くれるんですか？」

「当たり前だろ。バレンタインデーに貰ってるんだし」

「ありがとうございます」

ほのかに口元を緩ませ、声を弾ませる。

「それでなんかあるか？」

「田中くんから貰えるものならどんなチョコでも嬉《うれ》しいですよ？」

「そう言われても困るって의。参考になるやつあったら教えてくれ」

斎藤が言いたいことは分かるが、渡《わた》す立場からすれば、具体例が欲しい。慣れていないとなれば尚更《なおさら》。

「うーん、難しいですね。本当になんでも嬉しいのですが」

考え込《こ》む斎藤。はっと顔を上げる。

「あ、一つ思いつきました」

「お？」

「お洒落《しやれ》なものが良いです」

「お洒落な、もの」

「はい。シンプルな類のよりは見た目も綺麗なものがいいです」

「それは写真映《ば》えしそうなものってことでいいのか？」

「そうですね」

なかなか難しいことを注文してくる。お洒落なものって、そんなの完全に個人的な主観に依存《いぞん》する。そういうセンスに自信がないから、尋《たず》ねたというのに。普通、どこの銘柄《めいがら》がいいとか言うだろ。

思わず眉間《みけん》に皺《しわ》を寄せる。あまりに悩ましい。全然参考にならん。むしろ、尋ねる前より難易度が上がった気がする。

「ふふ、悩んでいますね」

「当たり前だろ。お洒落な物って。そういうものを選ぶ自信がないから聞いたのに」

「それが狙《ねら》いです」

「はぁ？」

「悩んでいる田中くんを見るのが楽しいので」

「……いい性格してるな」

「田中くんほどじゃないですよ？」

　俺の皮肉にもにっこり微笑《ほほえ》んで実に楽しそうだ。完全に俺で遊んでいる。……なんか和《かず》樹《き》みたいだな。口角を上げる姿がちょっとだけ和樹と被《かぶ》って見える。和樹が二人に増えるのは勘弁願いたい。

「そこまで言うなら、こっちで選ぶけどさ。変なのになっても知らないからな？」

「大丈夫ですよ、田中くんの美的センスを信じていますので」

「期待が重い」

　そんなキラキラした目で見られても困る。生まれてこの方、本以外に興味を持ったことがなかった俺に何を期待しているんだ。どんな基準で選べばいいかも分からないのに、斎藤を満足させられる自信がない。本ならいくらでも薦《すす》められるのに。もう本型のチョコでも贈《おく》ってやろうか？

「……俺が勝手に選んでいいんだな？」

「かまいませんよ」

「本当にいいんだな？　本型のチョコを渡すかもしれないぞ？」

「本の形をしたチョコですか。ありですね」

「ありなのかよ」

思わず項垂《うなだ》れる。不安を煽《あお》るために言ったのに、まさか受け入れられるとは思わなかった。流石にお洒落さからは程遠《ほどとお》いのは分かるぞ。

本当にどんなものでもいいらしい。そこまで言ってくれるのならば、少しはこっちの不安も和《やわ》らぐ。

「はぁ。分かった。じゃあ、適当に選んで渡すわ」

「はい。楽しみにしてますね」

「期待せず待っててくれ」

さらに難易度が上がったホワイトデーに、テストそっちのけで悩むしかなかった。

テストも前日まで迫《せま》り、昼休みに教室で必死に問題を解いていると、呑気な声が頭上から聞こえた。

「お、凄い勉強してるじゃん。頑張《がんば》るねー」

ノートから顔を上げると、全く緊張感《きんちょう》のない表情。こんな時に話しかけてくる奴《やつ》は一人しかいない。予想通り和樹だ。

「なんだよ。こっちは忙《いそが》しいんだ」

「わぁ、相変わらずの塩対応。僕《ぼく》泣いちゃうよ？」

「勝手に泣いてろ」

わざとらしく泣き真似《まね》まで見せてくる。こいつは明日テストなのになんでこんな余裕なんだ。みんな必死に勉強しているのに。

「それで、どうした？」

「いやー、いつもなら湊《みなと》は余裕そうに本読んでるから珍《めずら》しいなって」

「ここ最近、忙しくて勉強出来てなかったんだよ。その分のツケが今まわってきただけの話だ」

「なるほどねー。デートしたり、柊さんの正体に気付いたり、色々あったもんね」

「そういうこと」

和樹に構っている余裕はない。斎藤に一週間みっちり教えてもらい、ある程度は習得したものの、完璧《かんぺき》とは言えないのが現状だ。再試は嫌《いや》だ。

和樹を無視してノートに解答を書いていると、隣の席に座る気配がした。

「……まだあるのか？」

「いやー、ホワイトデーの方はどうなってるのか気になってさ。それで話しかけに来たんだけど、それどころじゃなさそうだね」

「当たり前だろ。明日だぞ、テスト。むしろなんでそんなに余裕なんだ。いつもなら友達と一緒に勉強してるだろ」

「いやー、仲の良い女子と勉強してたら捗《はかど》っちゃってさ」

「不純な野郎《やろう》め。普通は一人でやるもの……」

そこまで言ったところではたと気付く。和樹を軽蔑《けいべつ》しようと思ったが、よくよく考えてみると、俺も斎藤と一緒に勉強している。スパルタで一切《いっさい》甘《あま》い何かはなかったが、客観的に見て同類なのは間違《まちが》いない。

「和樹と、同類か……」

「なに、そんなに打ちひしがれて」

「いや、和樹と同じことをしていたことがショックでさ」

「やめてよ、僕が不名誉《ふめいよ》の象徴《しょうちょう》みたいなの」

不満を露《あら》わにする和樹。そういうのなら日頃の態度を少しは改めてほしい。唇《くちびる》を尖《とが》らせたあと、表情を緩《ゆる》める。

「でも、僕と同類ってことは斎藤さんと勉強してたんだ？」

「ああ。頼んだら引き受けてくれてな」

「いいねー。いちゃいちゃできた？」

「するか」

「勿体《もったい》ない。全男子生徒が羨むことしてるのに」

「はっ。あのスパルタを受けて楽しんでる余裕あるわけないだろ」

この一週間を思い出す。俺がどれだけ頼んだことを悔《く》やんだか。休む暇《ひま》は一切なく、次々と問題を解かされた。一問解くたびに「田中くん、凄いですね。いいペースですよ」と褒《ほ》めてくれたが、すぐに「じゃあ、次はこの問題ですね」とやらされる日々。笑顔《えがお》で進めてくるところが特に怖《こわ》かった。本を読む時間など一切なかった。

「あー、確かに斎藤さん、真面目《まじめ》だから厳しそう」

「まあ、おかげさまでテストはなんとかなりそうだけどな」

「それはよかった」

うんうんと頷《うなず》く。ほんとテストは乗り越《こ》えられそうでよかった。

「丁度いい。ホワイトデーのことで和樹に相談あったんだ」

「お、なんだい？」

「一応斎藤に欲しいチョコの種類はあるか聞いておこうと思ってきいたんだけどさ、なぜかお洒落なものが良いって言われてな。どんなのが良いと思う？」

「お洒落なものねー。湊から一番遠い言葉だね」

苦笑いを零《こぼ》す和樹。そんなことは自分でも分かっている。売っているチョコなんてどれもお洒落で派手なものにしか見えない。

「知ってるよ。それで何か候補とかないのか？　どうせ今年もお返しのチョコ女子たちに渡すんだろ？」

「そりゃあ、渡すつもりだけど。でも斎藤さんは湊に選んでほしいんじゃない？」

「分かってるけどさ。流石《さすが》にヒントがなさすぎるだろ。俺がまともなもの選べると思うか？」

「……がんばっ」

一瞬《いっしゅん》迷うように視線を彷徨《さまよ》わせ、ぐっと握《にぎ》りこぶしを作る。おい、投げやりすぎるだろ。

「まあ、そこまで悩《なや》むならやっぱり本人に聞くしかないんじゃない？　それが一番いいと思うけど」

「だから教えてくれないんだって」

「違う違う。ほら、湊には最強の相談相手がいるじゃん」

「……柊さん、か」

「そうそう。こういう時のために正体に気付いたこと黙《だま》っておいたんだから。一番の頼《たよ》りになる相手じゃない？」

「……まあ」

信頼《しんらい》できる意見、という話ではない。もはや本人の本音なのだからそれが一番正解に近い。

「じゃあ、柊さんに聞いてきなよ。きっとノリノリで教えてくれるよ」

「どうだろうな。斎藤的には俺が悩んでいる姿を見るのが楽しいらしいから、教えてくれないかも」

「なにそれ、そんなこと斎藤さん言ってたの？」

「ああ。俺が困っていたら凄い楽しそうにしてた」

「あはは、いい性格してるじゃん」

可笑《おか》しそうに肩《かた》を揺らして笑う。どうやら和樹もお気《き》に召《め》したらしい。

「いやー、まさか斎藤さんがそんなこと言うなんて意外だね。とうとう斎藤さんも湊で遊ぶことに目覚めたんだね」

「変なこと吹《ふ》き込んでないだろうな？」

「僕が？　いやいや、斎藤さんが自力で目覚めたんだよ。いい傾向《けいこう》だね」

「どこがだよ」

最悪の傾向に決まっている。俺からしたら和樹が二人に増えたようなものだ。精神に悪すぎる。まあ、斎藤はそれでも楽しそうに笑っている姿が可愛《かわい》いので許せるが。和樹、お前はだめだ。

「とにかく一度は聞いてみたら？」

「分かった。それでダメそうならその時考えるわ」

一先《ひとま》ずは聞いてから。斎藤が教えてくれるかは分からないが、試《ため》してみる価値はある。

「ホワイトデー上手《うま》くいくといいね」

「まあ、な」

「どう？　告白したりしないの？　柊さんの正体に気付いたってことはもう斎藤さんの好意には気付いてるんでしょ？」

「知ってるよ。正体知る前から薄々《うすうす》察してはいたし」

「へー、それで？　告白したり？」

「……一応考えてはいる」

「え？　ほ、ほんとに⁉」

目をお月さまのように真ん丸くして声を上げる。さらには俺の肩を掴《つか》んで揺すってきた。

「本当に告白するの？　あの、湊が？　大丈夫《だいじょうぶ》？　本当に本人？」

「おい、俺をなんだと思ってるんだ」

勢いのままにディスってくるので、手を振《ふ》り払《はら》う。和樹の中で俺はどんな扱《あつか》いをされているんだ。

「いつまでもこのままではいられないだろ」

「そりゃあ、そうだけど。あんなに遅々《ちち》として進まなかったのに。もう意外過ぎて」

「斎藤の好意がはっきりと分かったからな。言わない理由ないし。ホワイトデーはちょうどいいタイミングだし」

「おー、そういうところは男らしいね。普段《ふだん》はボッチで恋愛《れんあい》下手なのに」

「うるさい」

ぱちぱちぱちと拍手《はくしゅ》をする和樹を睨《にら》む。本当に意外そうで和樹は感嘆《かんたん》の吐息《といき》を漏《も》らしていた。

「そっかー、とうとう告白するんだ。いやー、長かったね」

「そうか?」

「そうだよ。僕がどれだけやきもきしたと思っているんだい? このまま高校卒業するまで付き合わないと思っていたのに。ずっと読んできた物語がようやく終わりを迎《むか》えた気分だよ」

「まだ付き合ってないのに、そんな清々《すがすが》しい顔をされても困る」

告白する意思はあるものの、いざ伝えることを考えるとどうしても緊張する。柊さんという間接的な立場であれば軽く伝えられるが、やはり本人相手に伝えるのには勇気と覚悟《かくご》が必要だ。

「ふふふ、湊なら上手くやれるよ。なんせあの斎藤さんを落としたんだから。自信持ちなよ」

「持てるものなら俺だって持ちたいっての」

恋愛事なんて自分には一生無縁《むえん》のものだと思っていたし、こんな慣れないことをかっこよく出来るとは思えない。今だけは心底和樹の無駄《むだ》な経験値が羨《うらや》ましい。

「告白のセリフは決まってるの?」

「……セリフ?」

「ほら『好きです』とか『付き合ってください』とか」

「普通に『好き』ってだけじゃだめなのか？」

「うーん、いいと思うけど、やっぱりきちんと自分の言葉で言うことが大事だと思うよ。どんなことであれ、伝えたいという想いがのった言葉は相手に届くから。それが一番大事だと思う」

「自分の言葉、か」

和樹の言葉がすとんと胸に落ちる。確かにそれは凄く大事だ。

「正直に自分の気持ちを伝えることだね。嘘偽《うそいつわ》りなく伝えてくれるその言葉が一番相手を喜ばせるし。それにかっこつけなくていいと思うよ。想いを伝えてくれるその姿ほど魅力的なものはないから」

にっこりと微笑む和樹。こういうところがたまにあるからこいつは嫌《きら》いになれないのだ。説得力の籠《こも》ったセリフに俺は素直《すなお》に頷いた。

◆◆◆

テストが終わった週末。和樹のアドバイスの通り柊さんに相談するため、その機会を窺《うかが》っていた。幸い、テストは無事終わり、手応《てごた》え的にはかってないほど良好と言っていい。

スパルタ勉強会のおかげである。

テスト期間中はバイトは休んでいたので、かなり久しぶりだ。斎藤は時々用事があると言って、俺と会わない日がいつものようにあったのでバイトは続けていたと思う。

今はお昼時でかなり忙しい。次々とお客さんが来店するので、雑談などする暇がない。狙うなら、お昼休憩《きゆうけい》の時だろうか？　一先ずは目の前に集中することにした。

客足も一旦《いったん》落ち着いたところで店長さんから休憩を取ってもいいとの許可をもらった。柊さんは三十分前に既《すで》に休憩を始めている。今行けば話せるはず。予想通り、休憩室の扉《とびら》を開けると、柊さんがご飯を食べていた。丁度食べる瞬間《しゆんかん》だったようで、小さく口を開けてスプーンでご飯を運んでいた姿で目が合う。

「お疲れ様です」

「はい。お疲れ様です」

ご飯を口に入れ、右手で口を隠しながら挨拶《あいさつ》を返してくる。もぐもぐと咀嚼《そしやく》する姿が微妙に小動物っぽい。柊さんの正面に座りながら自分も買っておいたパンを取り出して、ぱんっと袋《ふくろ》を開ける。

「田中さんは今日はカレーパンですか」

「コンビニの総菜とかの場所に売ってるやつでカリカリで美味《おい》しいんですよ。おすすめです」

「へー、それは少し興味がありますね」

「食べます？」

一口大にちぎって渡す。流石に買ってから時間が経っているので、買った時ほどカリカリとは言えないが、それでも普通にコンビニで買うものよりははるかにサクサクしている。

「ありがとうございます」

柊さんは受け取り、じっと欠片《かけら》を見つめた後、ぱくりと口に入れた。

「確かに、他のしなしなものと比べてサクサクしてますね」

「でしょう？」

日頃、朝と晩は自炊《じすい》しているが弁当を作るのは流石に面倒《めんどう》で昼はいつも買っている。柊さんはいつも律義《りちぎ》に手作り弁当だ。毎回作っているなんて、それだけで尊敬に値する。

「柊さんはいつもお弁当ですよね」

「簡単なものですけど。良かったら食べますか？」

「え？」

「カレーパンのお返しということで」

そっと弁当の蓋《ふた》にハンバーグを載せて差し出してきた。おお、ここで斎藤の手作りを食べる機会が来るとは。

じっと見つめる柊さんを横目に口に入れる。

「ありがとうございます。いただきます」

冷えているものの、しっかりとした歯ごたえ。肉肉しいうま味が口の中に広がる。うん、美味《う》い《ま》。相変わらず料理が上手だ。

「美味しいですね」

「お口に合ったならよかったです」

ほっと安堵《あんど》の吐息を零す柊さん。止めていた食事を再開する。

「そういえば柊さんに相談があったんでした」

「相談ですか？　なんです？」

「もうすぐホワイトデーじゃないですか。その渡すチョコを悩んでいまして」

「なるほど。そういう時期ですもんね」

「彼女からはお洒落なものが良いって言われたんですけど、どんなものが良いと思いますか？」

「田中さんが選んだものを渡せばいいと思いますよ？」

予想通りというか、案の定教えてもらえない。そりゃあ、俺だけで選んでいいならそうするが、せめてヒントくらいは欲しい。

「自分が選ぶものに自信がないんですよ」

「ふふ、悩んでますね」

柊さんはにっこり微笑む。実に楽しそうですね。

「もしかしたら遠慮《えんりょ》して誤魔化しているのかなって思ってしまって」

「大丈夫ですよ、田中さん」

「え？」

「その彼女《かのじょ》さんが言っているのは絶対本音です。好きな人が悩んで選んでくれた、その気持ちが一番嬉しいんですから。きっとそうやって悩んでくれれば満足していると思いますよ？」

うんうんと頷きながらそう語る。そりゃあ、そうだ。今の柊さん、凄い満足そうな顔をしているし。

「……自分で頑張って探してみます」

「はい。どんなものを貰っても、それが好きな人からなら喜ぶので安心してください」

「……分かりました」

こうして本音を探ってもそう言うのなら、少しは気楽に選ぶことが出来る。これだけで聞いた甲斐《かい》はあった。肩が軽くなった気がする。

その時、バンッと扉が開いた。

「お疲れ様です！」

この元気溌剌《はつらつ》な声。扉を見れば、亜麻色《あまいろ》の髪《かみ》を揺《ゆ》らし満面の笑《え》みを湛《たた》える女の子。舞《まい》さんだ。

俺と柊さんで「お疲れ様です」と返すと、その輝《かがや》く双眸《そうぼう》が俺達《たち》を捉《とら》える。

「あ、柊先輩《せんぱい》と田中先輩じゃないですか。休憩中ですか？」

「そうですね。ご飯を食べていたところです」

「柊先輩は相変わらず美味しそうなお弁当を作りますね－」

そう言いながら、舞さんは柊さんの隣に座った。

「お二人で仲良くお昼ご飯ですか。ダメですよ、田中先輩。柊先輩には大好きな人がいるんですから」

「狙ってない。むしろ、丁度ホワイトデーに贈るチョコについて相談していたぐらいだし」

不名誉な勘違《かんちが》いはやめてほしい。俺がそんなナンパ紛《まが》いのことをするわけがない。好きな人本人をナンパするのはセーフかもしれないが。

舞さんは俺の言葉に目をきらりと輝かせる。

「お！　ホワイトデーですか。田中先輩渡《わた》すんですね」

「一応ね」

「いいですね。順調ですね。ずっと柊先輩に惚気《のろけ》て相談してきた甲斐がありましたね」

「ま、まあ」

お願いだから忘れてくれ！　無邪気《むじゃき》に笑う舞さんに冷《ひ》や汗《あせ》が止まらない。自分の中ではかなり消化した過去だと思っていたが、他人に指摘《してき》されると死にたくなる。しかも、今はその相手いるし。ほんと勘弁《かんべん》して！

俺の心からの願いも空《むな》しく、舞さんはさらに言葉を続ける。悪魔《あくま》かよ。

「いやー、栞《しおり》を直す手助けをした時から思っていましたけど、田中先輩、その彼女さんのこと好きすぎじゃありません？　いつも笑顔が可愛いとか、照れてるところが好きとか、沢山べた褒《ぼ》めして」

おいおいおいおい。もう、ほんと勘弁して。いや勘弁してください。土下座でもなんでもしますから。確かに、これまで色々打ち明けてきたけどさ。今言うのは間が悪すぎるって。今すぐ帰りたい。

身悶《みもだ》えしそうな恥《は》ずかしさに顔が熱くなる。ちらっと柊さんの様子を窺うと、柊さんも頬《ほお》を朱《しゅ》に染めて目を伏《ふ》せていた。

「べ、別に好きなのはいいだろ」

「はい。いいことだと思いますよ。そのぐらい好きになってくれるなんて相手が羨ましいです。ね？　柊先輩？」

「そ、そうですね」

ちらりと瞳《ひとみ》を潤《うる》ませながら上目遣《うわめづか》いでこっちを向く。恥じらう姿はとても可愛い。目が合うとすぐに逸《そ》らしたが。

俺も柊さんもまったく余裕がない。そんな中何も気付いた様子はなく、舞さんは呑気《のんき》に「あっ」と人差し指を立てる。

「そんなに順調なんでしたら、もしかして告白もしちゃったり？」

ここでそこにつっこんでくるのか。気付けば柊さんも目を丸くして俺の発言を待っている。

「……するつもりはないよ」

告白する予定なのは間違いないが、それを本人に今知られるわけにはいかない。柊さんは「……そうですか」と小さく呟《つぶや》いていた。

ホワイトデー当日。斎藤にチョコを渡し、そして告白をする日。かなり前から決めていたことなのに、いつになく俺は緊張していた。告白をすると考えるだけで、ここまで緊張するとは。自分でも想定外だ。気持ちはふわふわしていて落ち着かないし、妙《みょう》に喉《のど》が渇《かわ》く。既に持ってきていた水はなくなってしまったので後で買いに行かないと。

チョコ自体は無事選ぶことが出来た。予想通りチョコは多種多様なものがあり、どれが良いか選んでいた時は凄《すご》く悩んだが、斎藤が貰《もら》ったときの反応を想像して選ぶのは意外と楽しかった。斎藤は本当にどんなものでも嬉しいらしいので、気楽だったことも大きい。本型のチョコでも嬉しいらしいからな。

チョコは紙袋《かみぶくろ》に入れ、そのままリュックに隠《かく》してある。既に渡すことは通知済みだが、なんとなく視界に入ると気恥《きは》ずかしく、隠すことにした。

（喜んでくれるだろうか？）

斎藤本人が言っていたのだから、多分喜んでくれるだろう。それでも一抹《いちまつ》の不安は消えてくれない。きっとこれはどうしようもないものだ。

斎藤が喜んで受け取る姿を想像して、それからふと落胆《らくたん》させてしまう未来を想像する。そんな天秤《てんびん》が頭の中で常に揺れ動いている。早く放課後になってほしい。そう思うものの、やっぱり来ないでほしい。そんな思いも湧いてきて自分の気持ちがはっきりしない。本当に今日の俺はおかしい。

出来るだけ斎藤が笑って受け取ってくれる姿を想像して日中を過ごした。

「起立、礼、着席」

ようやく待ちに待った放課後。ホームルームも終わり、教室内が慌《あわ》ただしく動き出す。自分も帰りの支度《したく》を始める。教科書を出来るだけ紙袋を潰《つぶ》さないように気を遣《つか》っていれる。本を入れたときにかさっと紙袋の擦《こす》れる音がして、それが自分の心臓を跳《は》ねさせる。

「みーなと」

呑気で気楽ないつもの声。顔を上げると和樹が笑っている。

「今日、告白するんでしょ?」

「ああ」

「あはは、湊が緊張してる」

俺を指差し、可笑しそうにくすくす笑う。いつもなら腹が立つところだが、今はそれどころじゃない。

「うるさいな。仕方ないだろ」

「そんなに緊張しなくても。もう相手の気持ちは分かってるのにさ」

「だとしても面と向かって伝えるのは初めてなんだから緊張するだろ。それにこういうのは慣れてないんだ」

自分でも分かりやすく動揺《どうよう》しているのが分かる。そう、慣れていないのだ。直接本人に好意をぶつけるなんて初めての経験。緊張しないはずがない。そもそも自分の大事な気持ちを誰《だれ》かにぶつけたことが少ない。どうでもいいことなら気兼《きが》ねなく話せるし、相手に気を遣って話すのも慣れている。でも自分本位に、大事な気持ちを隠さず本人に直接晒《さら》した経験なんて一度もない。

和樹が「正直に自分の気持ちを伝えることが大事」と言っていた意味がよく分かる。とても難しいことだ。だからこそ魅力的《みりょくてき》に相手には映るということも分かる。

「頑張ってね」

「和樹に言われたことは気を付けるよ」

「うん、忘れてないなら良いんだ。いい報告楽しみにしてる」

和樹が言いたかったことはそれだけのようで、すぐに去っていった。本当に応援《おうえん》してくれただけらしい。たまにはいい所もある。ごくたまに。

(よし、行くか)

リュックを背負い立ち上がる。地についてなかった足が、少しだけ定まった気がする。呼吸も楽になった。窓から夕陽《ゆうひ》が山の陰《かげ》に沈《しず》んでいくのが見える。さらには赤く染まった校庭を出る人たちも見て、自分も教室を出た。

窓から見た通り、外はまだ明るい。少し前まで下校したときには既に薄暗《うすぐら》いときもあったが、だんだん日が延《の》びてきた。斎藤と過ごした時間の長さを実感する。

出会う前、まさか今のようになるなんて思いもしなかった。あの時の俺は本にしか興味がなかったし、斎藤なんて遠い一生交わることのない人だと思っていた。

それが関わるようになるなんて。今でも思い出せる。図書館で斎藤が声をかけてきた時の衝撃《しょうげき》を。一瞬幻覚《いっしゅんげんかく》かと疑ったくらいだ。今でさえ時々幻《まぼろし》なのでは？ と思うくらいなのだからあの時は相当のものだろう。

仲良くなるにつれて見えてくる斎藤の色んな表情。とりわけあの笑顔はあまりに魅力的だった。貼《は》り付けたような笑みではなく、心からの幸せそうな笑顔。あんな笑顔をみせられたらたまったものじゃない。俺が惹《ひ》かれ始めたきっかけもそれだ。

本当に色々なことがあった。本の貸し借りから始まり、出かけたり、プレゼントを贈ったり。年末を一緒《いっしょ》に過ごして、デートして。しまいには斎藤と柊さんが同一人物だと発覚するし。記憶《きおく》にある中で一番濃《こ》い時間だったのは間違いない。

考えれば考えるほどに斎藤との思い出が出てくる。どれもこれも俺の大事で忘れがたい思い出だ。きっと今後も忘れないし、忘れられない。そのくらい斎藤と重ねた時間は大きい。

斎藤との思い出を振り返っているうちに、斎藤の家の前に到着《とうちゃく》していた。

深い茶色の扉。呼び鈴《りん》を押《お》して、斎藤が扉の奥《おく》から現れる姿をもう何度も見てきた。今日もいつもと同じように押すだけ。扉の横にあるボタンを押せば、斎藤が出てくる。

ボタンに指を添《そ》え、深く息を吸い込む。冷えた空気が肺に満ちる。冷気が僅《わず》かに頭を冷やす。

「……よし」

ぐっと指先に力を込めて、ボタンをかちりと押した。

響《ひび》く電子音。一瞬の間の後、とたとたと扉の奥から足音が聞こえる。だんだんと近づいてきて、ガチャンッと扉が開いた。

「田中くん、こんにちは。今日は一段と寒いですね」

「そうだな」

出てきた斎藤の姿にどきりと心臓が跳ねる。僅かに顔に熱がこもるのも感じる。

綺麗《きれい》な黒髪《くろかみ》がさらさらと揺れ、宝石のような双眸に惹きつけられる。斎藤の容姿が整っているることなんて重々承知していたことなのに。こんなに可愛かったか？

「どうぞ、中に入ってください」

「あ、いや、今日はこのままで大丈夫」

「はい？」

奥に引っ込む斎藤を引き留めた。斎藤は俺《おれ》を見て不思議そうに首を傾《かし》げる。きょとんとした表情が小動物っぽい。

目をぱちくりとさせて固まる斎藤をおいて、リュックから例の紙袋を取り出す。

「ほら、これ。チョコ」

「わぁ！　ありがとうございます」

小さな両手で紙袋を受け取ると、ぱぁっと顔を輝かせて一度胸に抱《だ》いた。それから丁寧《ていねい》に気遣《きづか》うように袋を持ちかえ、袋に描《えが》かれたデザインを見回している。ぱっちりとした二《ふた》重《え》の瞳をさらに大きくして、嬉《うれ》しさ半分、驚《おどろ》き半分といった感じだ。

「開けてみてもいいですか？」

「ああ」

きらきらと目を輝かせて見てくるので、頷き返す。声の弾《はず》みで斎藤がどれだけわくわくしているのかが分かる。まるで子供が新しい玩具《おもちゃ》をもらった時みたいだ。

袋から箱を取り出したはいいものの、箱は包装されていた。今度は包装を開けていく。破けないように気を遣っているのか、開けていく手つきは優《やさ》しい。一つ一つ丁寧に包装に貼りつけられたシールを爪《つめ》でかりかりと剥《は》がしていく。

一つ。また一つ。シールが剥がされていく。その度、俺の緊張が跳ね上がる。この後に来る斎藤の反応に、きゅうっと胸が締《し》め付けられる。耐《た》え切れず、言葉を吐《は》き出した。

「本当に俺の独断で選んだから、期待するなよ」

「どんなのでも嬉しいって言ってるじゃないですか」

ちょっぴり不機嫌《ふきげん》な言葉を零して、とうとう包装を剥がし終えた。包装を優しく折って、紙袋にしまう。そして、箱をゆっくり開けた。

「わぁ！」

箱から現れたのは色彩《しきさい》に溢《あふ》れた花のチョコ。様々な色に染まった花びら型のチョコが集まり、一つの大きな花を描いている。それが箱中央にちょこんとのって収まっている。

「凄いです！　こんなの初めて見ました！」

「お、おう。気に入ってもらえたならよかった」

睫毛《まつげ》の一本一本まで数えられそうな距離《きょり》。斎藤がぐっと目の前三十センチのところまで身を寄せてくる。綺麗な顔があまりに近い。思わず顔を逸らす。

斎藤は身を引いて、また箱の中の花を見始めた。じっと見つめ、何秒も何秒も見入っている。何かに見惚《みと》れるとはこういうことを言うのだろう。斎藤はずっと花を見つめ「……

本当に綺麗です」と小さく零した。

（ああ、まったく）

花に見入る姿があまりに美しい。こんなに気にいってくれたなら、頑張って選んだ甲斐がある。無邪気に眺《なが》め、素直に喜んでくれるだけで、これまでの不安なんて一瞬で吹き飛んだ。

斎藤のこういう反応が見たくて、ここまで頑張ってきたのだ。その反応、その笑顔だけで凄く癒《いや》される。ああ、本当に……。

「好き」

「え？」

あまりに自然に想《おも》いが零れた。斎藤はぱっと顔を上げて、目を真ん丸にして固まっている。そんな姿も可愛くて愛《いと》おしい。無意識に口角が上がる。

「だから、好きって言った。斎藤のことが好き」

「ええ⁉」

ようやく理解したようで、素《す》っ頓狂《とんきょう》な声を上げる。真っ赤に顔を染め、右、左、と左右を確認《かくにん》して、ゆっくり俺に視線を戻《もど》した。バイトの時に照れていた顔の比ではなく、見たことないほど茜色《あかねいろ》だ。

「斎藤のこと、もうな、全部好きなんだ。そうやって照れているところも好きだし、甘《あま》い物食べて幸せそうにしてるのも好き。本を読んでいる横顔も綺麗でいつも見惚れているし、お茶を淹《い》れている時の後ろ姿も、見ていて飽《あ》きない」

話すほどに顔に熱がこみ上げてくるのが分かる。あまりに恥ずかしい。でも、想いはきちんと伝えたくて、言葉は止まらない。

「ほんとさ、斎藤のこと好きなんだよね。一緒にいるだけで癒されるし、本の話するの楽しいし。本なんて全然関係なく、出かけるのも凄い楽しい」

斎藤は視線を慌ただしく揺らし、「あ、えっと」としどろもどろに聞いてくれている。耳たぶまで真っ赤なその姿が、たまらなく可愛い。澄《す》ました仮面なんてどこにもない。

「多分、前々から俺の気持ちは伝わっていたと思うけど、改めて言わせてほしい」

「はい」

「斎藤のことが好き。特に斎藤の笑顔が一番好き。ずっと笑っていられるようにするから俺の隣《となり》にいてほしい。付き合ってください」

「……はい！」

この日の笑顔を俺は一生忘れないだろう。頬を染めて嬉しそうに微笑《ほほえ》んだ斎藤の顔が色《いろ》鮮《あざ》やかに記憶に刻まれた。

次巻予告
俺は知らないうちに
学校一の美少女を
口説いていたらしい
~バイト先の相談相手に
俺の想い人の話をすると
彼女はなぜか照れ始める~
ついに付き合うことになった湊と玲奈。
春休みに突入しイチャイチャをする中で、
玲奈の過去を知った湊はある決意をする。
そんな中、新学期になり
湊と玲奈が付き合っていることが皆にバレてしまって——
大人気すれ違いラブコメ第５巻
2023年春 発売予定!

HJ文庫 https://firecross.jp/
1036

俺は知らないうちに学校一の美少女を口説いていたらしい４
～バイト先の相談相手に俺の想い人の話をすると彼女はなぜか照れ始める～

2023年1月1日　初版発行

著者――午前の緑茶

発行者―松下大介
発行所―株式会社ホビージャパン

〒151-0053
東京都渋谷区代々木2-15-8
電話　03(5304)7604（編集）
03(5304)9112（営業）

印刷所――大日本印刷株式会社

装丁――AFTERGLOW／株式会社エストール

ISBN978-4-7986-2966-7　C0193